Jasmin Romana Welsch

Absolution – Wie man eine Sünde überlebt

Absolution – Wie man eine Sünde überlebt

Mein Name ist Sixten. Ich denke, ich war ein durchschnittlicher Absteiger: unterbezahlt, launisch und auf das Leben und die ach so verkommene Welt schlecht zu sprechen. Da war mein kleines Drogenproblem, diese nervenaufreibenden Sitzungen bei Doktor Mattson und mein Kumpel Nils, der seit der Grundschule nicht gelernt hat, länger als zehn Stunden sauer auf mich zu sein.

Summa summarum war mein Leben Mist, aber unkompliziert genug, um den Pessimismus in die tägliche Routine einfließen zu lassen.

Ich hätte genau so weitergemacht, wäre nicht alles plötzlich unwirklich geworden.

Auf einmal soll ich ein Todsünder sein und der Sklave eines Dämons werden – das behauptet zumindest die sprechende Katze, die will, dass ich sie Meisterin nenne.

Vielleicht habe ich auch einfach Wahnvorstellungen von der Kokserei bekommen. So oder so, mein Leben braucht eine Kehrtwende.

Dann muss ich mich eben damit abfinden, dass es Himmel und Hölle gibt, auch wenn ich bisher Atheist war. Ich war ja auch ein gefühlskaltes Arschloch und finde mich jetzt damit ab, dass ich die Dämonen-Katze, die meine Seele verschachern will, irgendwie mag. Einer von uns wird trotzdem verlieren.

Am Ende bin ich vielleicht tot, verrückt oder clean, aber das müsst ihr schon selbst herausfinden.

Die Autorin

Jasmin Romana Welsch wurde 1989 in Graz geboren und lebt auch heute noch mit ihrem Freund und ihrer Hündin Yuki in der Steiermark. Obwohl sie bereits im Teenageralter das Schreiben für sich entdeckte, begann sie ein Jura-Studium. Erst nach der Veröffentlichung ihres ersten Romans widmete sich die junge Autorin gänzlich der Schriftstellerei. Aus ihrer Feder stammen mehrere Jugendbücher, in denen sich fast immer humoristische, aber auch dramatische Akzente wiederfinden.

Jasmin Romana Welsch

Absolution

Wie man eine Sünde überlebt

Fantasy Roman

Weitere Informationen über die Autorin

www.jasminromanawelsch.com
jrw@jasminromanawelsch.com

2. Auflage, Januar 2017
© Sternensand-Verlag GmbH, Zürich 2017
Umschlaggestaltung: Juliane Schneeweiss | juliane-schneeweiss.de
Lektorat / Korrektorat: Mag. Maria Ankowitsch
Satz: Sternensand Verlag GmbH
Druck und Bindung: Smilkov Print Ltd.

ISBN-13: 978-3-906829-13-5
ISBN-10: 3-906829-13-5

Inhalt

1

Sitzung mit Spasmen

Das Ticken der Uhr scheint lauter und langsamer geworden zu sein. Wenn man Zeit hat, sich auf das monotone Geräusch zu konzentrieren, kann es ungeduldig machen und gewaltig nerven. Mein Bein wippt im Sekundentakt auf und ab.

Während Doktor Mattson seine Notizen studiert und seine Gesichtsmuskulatur mal wieder kaum unter Kontrolle hat, beginne ich mich zu fragen, wie viele Stunden sie mir wohl zusätzlich aufhalsen, wenn ich hier ausraste und die Uhr meines Psychologen aus dem Fenster des zwölften Stocks werfe. Ich nehme an, dass die Zahl der Sitzungen überproportional zur Anzahl der Leute, denen die runde Glasscheibe den Schädel einschlägt, steigen würde. Ich werfe keine Uhren von Gebäuden – das ist wirklich nicht mein Stil.

»Sixten ...«

Ich hatte mal einen Grundschullehrer, der meinen Namen genauso ausgesprochen hat. Die Einleitung zu einem eindringlich klingenden Ratschlag, den man an jemanden richtet, den man sowieso für taub hält.

»Sixten, deine Rebellion wird dich im Leben nicht weiterbringen. Such dir ein anderes Ventil für deine Energie – und jetzt lass die Frösche frei!«

Doktor Mattson rückt seine Brille zurecht, bevor er seine Version des ›Lass die Frösche frei‹-Vortrags zum Besten gibt.

Wenn er nicht diese Spasmen hätte, würde ihm seine verdammte Brille nicht immer bis zur Nasenspitze rutschen. Er merkt gar nicht, dass er ständig das Gesicht verzieht, als würde er gerade an einen Elektrozaun pinkeln. Seit ich ihn gefragt habe, ob er deshalb Medikamente nimmt, mag er mich nicht. Ich tue mir schwer damit, neue Freundschaften zu schließen.

»Wenn du diesen Weg, den du augenscheinlich eingeschlagen hast, weiter verfolgst, dann sehe ich für deine Zukunft nur eine endlose Aneinanderreihung von Therapien, Kliniken und vielleicht sogar Gefängnis. Das liegt doch nicht in deinem Interesse, oder?«

Ich schüttle den Kopf.

»Nein, ich möchte Feuerwehrmann werden und eine Schönheitskönigin heiraten und ich möchte sieben Kinder!«

Kaum fängt er an zu nicken, wird mir klar, dass er den Sarkasmus nicht herausgehört hat.

Er macht sich wieder Notizen und ich wippe weiter mit dem Bein.

Wahrscheinlich ist es besser, er schreibt in mein Profil: labiler, naiver Idiot. Narzisstisches, perspektivloses Arschloch klingt nach noch mehr Sitzungen.

»Ich würde dir fürs Erste raten, dir einen Mitbewohner zu suchen. Deinen Schilderungen zufolge bist du ständig alleine seit dem Tod deiner Großmutter. Jemanden, der dich motiviert, wieder einem geregelten Alltag nachzugehen. Verstehst du das?«

»Ja.«

Natürlich verstehe ich das, ich sitze hier, weil ich ein Suchtproblem habe, nicht weil ich geistig zurückgeblieben bin.

»Wir sollten beim nächsten Mal wieder auf deine Kindheit zurückkommen. Dein Verhältnis zu deinen Eltern, darüber hast du mir noch nicht wirklich viel verraten.«

»Ja.«

Ich habe vor vier Sitzungen herausgefunden, dass ich viel schneller hier verschwinden kann, wenn ich in den letzten dreißig Minuten nur noch mit »Ja« antworte.

Dass ich nicht mehr wirklich zuhöre, könnte nur dann schlecht für mich ausgehen, wenn Doktor Mattson irgendwann mit zuckenden Augen und heruntergelassener Hose vor mir steht, weil ich auf die Frage, ob ich ihm einen blasen möchte, auch mit »Ja« geantwortet habe.

»Bleib stark und gib dir Mühe, dann klappt das mit deinen Träumen schon.«

Ob er mich noch weniger mag, wenn ich ihm vor die Füße kotze?

Ich schnappe mir meinen Rucksack und lasse die rote Holztür hinter mir ins Schloss fallen. Niemand auf dieser Welt streicht seine Innentüren rot, wenn er mit der Therapie von Suchtkranken und Gewaltverbrechern sein Geld verdient. Ich verwette mein Leben darauf, dass noch jeder, der diese Praxis verlassen hat, zwanzig Minuten später zugedröhnt war oder den nächstbesten Passanten verprügelt hat.

Ich fahre nach Hause und verdunkle die Fenster. Freitags bin ich seit fünf Wochen zu nichts mehr zu gebrauchen.

Ich schalte die Stereoanlage ein und drehe mir ein paar Zigaretten. Dass ich kaum noch Tabak habe, ist kein Thema.

Die Sitzungen bei Doktor Mattson machen mich müde und gereizt, aber wenn ich nicht auftauche, muss ich wirklich ins Gefängnis, und darauf habe ich keine Lust.

Mein Kokain kaufe ich übrigens nicht mehr bei verdeckt arbeitenden Polizeibeamten – diese dumme Aktion hat mir das Ganze eingebrockt.

Ich gehe nicht an mein Handy, obwohl es schon zum dritten Mal klingelt. Die anderen können mich freitags mal, das müssten sie mittlerweile mitbekommen haben. Der Einzige, bei dem ich rangehen würde, ist David. Ich kann es mir nicht leisten, meinen Job zu verlieren, auch wenn er unterbezahlt und langweilig ist. Wenn er mich braucht, muss ich den Arsch hochbekommen, sonst geht mir irgendwann das Geld aus. Um Dinge wie Miete und Essen mache ich mir keine Sorgen. Das Haus, in dem ich wohne, gehört mir und das Essen habe ich mir weitgehend abgewöhnt, weil es sich so schlecht mit dem Kokain verträgt. Warum ich Geld brauche, liegt aber auf der Hand.

Ich schlafe ein und freue mich im Traum darüber. In letzter Zeit bekomme ich die Augen kaum noch zu, obwohl ich ständig müde bin. Ich bin nicht naiv genug, um so zu tun, als wüsste ich nicht, warum es mir im Moment so dreckig geht, aber darüber nachzudenken, bringt auch nichts.

Als jemand mich wachrüttelt, knurre ich.

»Dornröschen! Steh auf oder muss ich dich erst küssen?«

»Verpiss dich!«

Nils schubst mich beinahe aus dem Bett.

Als ich seine Hand wegschlage, lacht er und rennt aus dem Zimmer.

Ich kenne ihn lange genug, um zu wissen, dass ihm gerade eine absolut schwachsinnige Idee gekommen ist, um mich wach zu bekommen.

Aus Neugier bleibe ich liegen, deshalb und weil ich mich fühle, als hätte mich ein Zug überfahren.

Als er wieder ins Zimmer kommt, mache ich die Augen einen Spalt weit auf. Er trägt nur einen Blumentopf, kein Elektroschockgerät oder etwas Entflammbares.

Als er die Erde über mir auskippt, schreie ich ihn an. »Bist du irre?! Sieh dir die Schweinerei an!«

Er lacht wie ein hyperaktives Kind mit Zuckerschock. Mit neun hat sein Verstand gesagt: »Klüger werde ich nicht mehr.« Jetzt ist er fünfundzwanzig und bewirft mich mit Erde.

Das ganze Laken ist braun.

»Fuck! Das sieht aus, als wäre mein Darm explodiert! Widerlich!«

»Reg dich ab, ist nur Erde! Und jetzt steh auf und wasch dir alles, was nach Fäkalien aussieht, vom Körper. Wir müssen los!«

Ich stehe auf und schüttle die Decke aus. »Ich gehe heute nirgends hin. Es ist Freitag!«

Nils verdreht die Augen. Dabei sieht er nie älter aus als zwölf. Sein physisches Wachstum hat sich nämlich irgendwann mit seiner geistigen Reife solidarisch erklärt.

»Du kannst mir heute echt nichts abschlagen! Egal wie verbittert du auch wegen deines Termins bei Doktor Freud bist! Was hat er herausgefunden? Dass du eigentlich gerne eine Frau sein möchtest? Das weiß ich schon seit der zwölften Klasse!«

Jetzt verdrehe ich die Augen. Wie ich dabei aussehe, weiß ich nicht, wahrscheinlich genervt.

»Komm, Sixten! Du musst echt mal hier raus! Du bist nur noch in der Schwimmhalle oder du hockst in deinem alten Zimmer und kokst dir die Birne weg. Wieso schläfst du eigentlich immer noch hier? Dieses verdammte Haus hat zweihundert Quadratmeter. Mach mal was draus!«

Ich werde wütend, weil er weiß, dass ich keine Lust habe, darüber zu reden, und er es trotzdem anspricht. »Was geht dich das an? Das ist mein Leben, oder?«

»Komm runter! Ich will nicht streiten, ich will, dass du mitkommst!«

Mir fällt wieder ein, dass Nils heute Geburtstag hat. Ich versuche mich zu beruhigen. Mein Blick streift die Line, die ich vor dem Einschlafen gezogen habe.

»Wohin soll ich mitkommen?«

Er greift sich an den Kopf. »Hast du das echt vergessen?«

Ich nicke, während ich mich auf das Sofa setze.

»Mein Bruder ist da!«, sagt er.

Unser Gespräch von letzter Woche fällt mir wieder ein. Während ich darüber nachdenke, fühle ich mich schnell besser und meine Nasenflügel brennen wie Feuer.

Nils' Bruder heißt Sven. Er ist fünf Jahre älter als wir und hat Geld gemacht, weil er einer dieser Menschen ist, denen das Leben Glück in den Schoß kotzt.

Sven fliegt nach Kambodscha und bringt eine halbe Million nach Hause – wäre ich geflogen, hätte ich nur Tripper mitgebracht.

»Zieh dir was an und pack Kondome ein! Ich weiß nicht, ob man die dort bekommt!«

Ich schmunzle über Nils' Kommentar, nicht weil er witzig ist, sondern weil sich diese chemisch erzeugte Euphorie in mir breitmacht.

Ich weiß auch nicht, ob man seine eigenen Kondome ins Bordell mitbringen muss. »Hast du echt vor, für Sex zu bezahlen? Du bist zwar keine Augenweide, aber es gibt doch genügend Frauen da draußen, die ein wenig verzweifelt sind.«

Nils verzieht den Mund. Gleich erzählt er mir, dass ich auch hässlich bin. »Du bist auch nicht gerade der klassische Schönling! Dürr wie ein Gespenst! Wenn du diese seltsamen zweifärbigen Hundeaugen nicht hättest, wärst du wahrscheinlich noch Jungfrau!«

Ich zwinkere. Immer wenn mich jemand auf meine Augen anspricht, bekomme ich dieselben Spasmen wie Doktor Mattson.

Was ich habe, heißt heterochromia iridis – etwas, das einem in der Schule den Spitznamen Zombie-Hund einbringt.

»Sven bezahlt für alles! Der Laden soll der Wahnsinn sein! Exklusiv hoch zehn und die Frauen sind unglaublich heiß! Ich habe keine Freundin, also wäre ich ganz schön dämlich, wenn ich Nein sagen würde!«

Im Grunde hat er recht. Ich gönne ihm alles, was ihm Spaß macht, schließlich ist er mein bester Freund.

»Zieh dir was Vernünftiges an! Nicht immer diese Schlabberpullover! Wir leben nicht mehr in den 90ern und du bist nicht Kurt Cobain!«, ruft Nils mir nach, bevor ich unter der Dusche verschwinde.

2

Can't Buy Me Love

Wir fahren in Svens Mercedes vor. Auf der notdürftigen Rückbank fühlt sich dieses teure Auto nicht ganz so luxuriös an.

Mein Hintern tut weh, als wir vor dem modernen Gebäude, mitten in der Pampa, halten. Ein dunkelgrauer Würfel mit riesigen Milchglasfenstern.

Ich hatte mit roten, schummrigen Lichtern gerechnet, mit dicken schweren Vorhängen vor den schmutzigen Fenstern eines Altbauhauses in der Innenstadt. Klischees im Kopf zu haben, ist nicht immer hilfreich.

»Wow! Das sieht aus wie ein Casino!«, stellt Nils fest und sieht sich mit offenem Mund die vielen teuren Wagen an, die auf dem beleuchteten Parkplatz stehen.

»Ja, den Laden kann sich nicht jeder leisten!« Sven schafft es, in jedem zweiten Satz zu erwähnen, dass er Geld hat.

»Der Abend wird klasse!«

Satz Nummer eins.

»Und er geht auf mich, also bestellt, was immer ihr wollt!«

Et voilà!

Ich stiefle den beiden Brüdern hinterher.

Weil es draußen kalt ist, läuft meine Nase. Ich muss ständig hinfassen, um sicherzugehen, dass mir kein Blut rausläuft – ein nerviges Junkie-Leiden.

Sven hat seinen Arm auf Nils' Schulter gelegt und schiebt ihn weiter, damit er nicht vor jedem teuren Auto neugierig stehen bleibt.

Der Eingang sieht aus wie eine gepanzerte Kühlschranktür, vor der zwei Henker stehen.

Allein der Eintritt für uns drei macht mehr aus, als ich in einem Monat verdiene, dafür bekommen wir einen Tisch direkt vor der Bühne und eine Flasche Champagner.

Meine klischeebehaftete Vorstellung wird erneut zunichte gemacht. Hier sieht es aus wie in einem überteuerten Restaurant, das man in ein altes Theater gebaut hat. Die spiegelnd schwarzen Bodenfließen reflektieren die Lichtpunkte an der Decke, obwohl sie so schwach sind, dass der große Raum schummrig wirkt.

Das schwache Licht liegt wohl im Interesse der Kundschaft hier. Man kann niemanden erkennen, der weiter als zwei Meter entfernt steht. Nur die Bühne ist fabelhaft ausgeleuchtet.

Sven füllt drei Gläser mit dem ›gratis‹ Champagner und starrt dabei die Tänzerinnen an. Es wundert mich, dass er nur vierzig Prozent des Alkohols verschüttet, zumal sein Hirn gerade, ganz offensichtlich, nicht damit beschäftigt ist, ihm zu signalisieren, dass die Flüssigkeit ins und nicht neben das Glas gehört.

Ich mag keinen mit Kohlesäure versetzten Alkohol und Burlesque tanzende Frauen sind auch nicht mein Ding, aber es tut gut, mal wieder rauszukommen. Ich vergesse manchmal, warum ich so selbstzerstörerisch bin, wenn ich mich ablenke.

Als eine Kellnerin, Schrägstrich, Prostituierte zu uns kommt, fallen Nils beinahe die Augen aus dem Kopf. Er steht auf große Brüste. Ich kann nicht nachvollziehen, warum.

Sie fragt, ob wir etwas trinken möchten, und Sven lässt zu meiner Erleichterung eine Flasche Wein springen.

Der Laden ist weniger widerlich, als ich angenommen hatte. Alles wirkt sauber und die Frauen gaukeln glaubwürdig vor, dass ihnen das, was sie hier tun, Spaß macht.

Ich mag die Musik und das bläuliche Lichtspiel, das einem LSD-Trip entsprungen sein könnte. Mit der Zeit wirken die rhythmischen Bewegungen der Körper auf der Bühne hypnotisch.

»Gefällt dir eine?«, will Sven wissen, weil ich schon die längste Zeit auf die tanzenden Frauen starre.

»Sie sehen alle gut aus. Wo bekommt man so viele schöne Frauen her, die sich verkaufen?«

Er zuckt mit den Schultern. »Ich weiß nicht. Aber wenn dir eine gefällt, sag mir Bescheid. Du hattest es in letzter Zeit nicht leicht, hat Nils erzählt. Du kannst ein wenig Spaß gebrauchen.«

Der besagte Nils hat gerade eine Frau auf dem Schoß, die Sven ihm für einen Tanz bezahlt hat. Als er das letzte Mal versucht hat, seine Erregung mit so erbitterter Konzentration zu unterdrücken, waren wir fünfzehn und haben Strippoker mit den Mädchen aus der Oberstufe gespielt.

»Mir geht es gut, auch ohne bezahlten Sex.«

»Ach, echt? Willst du lieber eine Line ziehen?« Er hat meinen vorwurfsvollen Tonfall herausgehört und hält mir deshalb meine Dämonen vor.

»Gar keine schlechte Idee!« Es ist mir egal was er von mir denkt, deshalb stehe ich auch auf und gehe zur Bar.

Sven hat uns schon immer gerne den Erwachsenen vorgespielt und bevor ich ihn darauf aufmerksam machen muss, dass er es war, der uns unsere erste Zigarette und unseren ersten Joint in die Hand gedrückt hat, hole ich mir lieber ein Glas Cola. Ein Zuckerschock tut gut, wenn man dem Essen abgeschworen hat.

An der Bar sitzt fast niemand. Hier sieht man die Tänzerinnen schlecht und die Musik ist leiser. Nur ein asiatischer Geschäftsmann hat sich her verirrt, weil er sich mit einer Prostituierten im kurzen Schottenrock unterhält, die mit ziemlicher Sicherheit ein femininer Junge ist.

Während ich mich frage, ob er weiß, was ihn erwartet, spricht mich die Kellnerin an. »Na, Hübscher? Was kann ich für dich tun?«

Sie ist schon etwas älter. Als ich ihren Blick erwidere, stutzt sie. Ich weiß, was gleich kommt.

»Hey! Ein braunes und ein grünes Auge! Das sind doch Kontaktlinsen, oder?«

»Ja, ich trage färbige Kontaktlinsen und eine ist mir rausgefallen. Schenk mir ein Glas Cola ein – halb Wasser.«

Sie nickt, hört aber nicht auf, mich anzustarren, als wäre ich violett.

Als sie mir das Glas rüberreicht, drehe ich mich von ihr weg und lehne mich mit dem Rücken gegen die Bar.

Sven hat sich auch einen Privattanz geleistet. Es ist nur eine Frage der Zeit, bis die beiden hinter einer der Türen verschwinden, vor denen diese übermenschlich großen Security-Typen stehen. Ich bin mir sicher, dass dort Betten stehen – Klischee hin oder her, irgendwo müssen die Leute hier bumsen.

Sie läuft fünf Meter vor mir vorbei und bleibt dann stehen. Sie passt nicht hierher. Ich bin mir kurz nicht sicher, ob sie überhaupt hier arbeitet. Es macht keinen Sinn für eine Frau, freiwillig hier zu sein – sie ist bestimmt eine Prostituierte.

Das schummrige Licht stört mich mit einem Mal. Ich würde sie mir gern genauer ansehen, aber sie steht zu weit weg.

Mir fällt auf, dass sie fünfzig Prozent mehr Stoff trägt als alle anderen Frauen hier. Ein weißes, kurzes Kleid, das nicht mal durchsichtig ist.

Sie steht dort und sieht sich die Show an. Vielleicht sucht sie auch jemanden, weil sie so genau hinsieht.

Ein schmieriger Typ im Anzug geht hinter ihr vorbei und tatscht ihr an den Hintern. Sie dreht sich nach ihm um und grinst schief. Eine Ohrfeige wäre die angemessenere Reaktion gewesen, aber jetzt weiß ich mit Sicherheit, dass sie hier arbeitet.

Ihr Talent, Männern vorzuspielen, dass sie gerne ein Sexspielzeug ist, ist nicht ganz so ausgeprägt wie bei ihren Kolleginnen.

Sie sieht dem schmierigen Typen hinterher und scheint froh zu sein, dass er wieder abhaut. Wahrscheinlich macht sie das noch nicht lange. Aus der Entfernung sieht sie jung aus.

Sie streicht sich die langen blonden Haare hinter die Ohren und sieht in meine Richtung. Von dort, wo sie steht, kann sie gar nicht erkennen, dass ich ein räudiger Mischling mit einer Pigmentstörung bin, trotzdem starrt sie.

Als sie herkommt, bin ich mir sicher, dass die Kellnerin hinter mir sie gerufen hat. Ich drehe mich um, aber die Bar ist leer.

Ihr Gesicht sieht aus, als wäre es mit Photoshop bearbeitet worden. Sie muss tonnenweise Make-up tragen oder abnormal hübsch sein.

Als sie vor mir stehen bleibt, legt sie den Kopf schief. »Hallo.«

Ich sollte ihr sagen, dass ich nicht mal hundert Kronen in der Tasche habe. Man sieht mir aber bestimmt an, dass ich blank bin.

»Hi.« Ich stelle mein Glas an der Bar ab.

»Warst du schon mal hier?« Ihre Stimme klingt rauer, als ich erwartet hatte. Sie sieht süß und unverbraucht aus.

»Nein.« Ich werde einsilbig, wenn mir jemand gefällt.

»Wie findest du es hier?«

»Naja.«

Sie ist eine Prostituierte. Ich darf nicht vergessen, dass ich in einem Bordell stehe. So unverbraucht kann sie nicht sein.

»Wie heißt du?«

»Sixten.«

»Sixten«, wiederholt sie und lächelt. Ihre Haare fallen ihr wieder über die Wangen. Sie hat auffallend viele davon, alle hellblond und gerade.

»Wie alt bist du?«, will sie wissen.

»Sechsundzwanzig.«

Sven sieht uns und fängt an, wild zu gestikulieren.

»Entschuldige! Ich bin aufdringlich. Du willst nicht mit mir reden.« Sie sieht verlegen aus.

Diese Unschuldsmasche kommt bestimmt gut an.

»Doch, aber ich bin absolut pleite und nicht interessant genug, dass du dir gratis etwas über mich anhörst.«

Sie beißt sich auf die Unterlippe, nicht lasziv, nur nervös. »Es ist nur …« Sie sieht sich um, bevor sie weiterspricht. »Hier kommt sonst nie jemand her, der so ist wie du.«

Ich mache ein Gesicht, als hätte sie mir gesagt, dass sie in Wirklichkeit ein Roboter ist – ungläubig. »Wie bin ich denn?«

Ich habe keine Ahnung, auf was sie hinauswill. Ich bin der uninteressanteste Typ der Welt und sie verdient sich mit diesem Spruch bestimmt Nacht für Nacht eine goldene Nase.

»Du siehst die Frauen nicht so an, als wären sie Ware, und du trinkst nicht, das tun sie sonst alle.«

Ich schmunzle und werde gleich etwas Gemeines sagen. »Ich hatte vorher schon drei Gläser Wein und vielleicht bin ich schwul. Deine Menschenkenntnis ist nicht die beste.«

Meine uncharmante Art lässt sich psychologisch leicht erklären. Ich bin zu feige, um ihr zu sagen, dass ich ein koksabhängiger Idiot bin, der in einer Depression steckt, also warne ich sie vor mir, indem ich ihr zeige, dass ich ein Arschloch bin.

Anstatt wütend auf den hohen Absätzen kehrtzumachen, nickt sie und hebt entschuldigend eine Hand vor den Körper. »Ich wollte dir nicht auf die Nerven gehen.«

Es wäre mir lieber gewesen, sie hätte mich angefaucht. Ich hasse es, wenn mein Gewissen sich zu Wort meldet – das ist genau das Gefühl, das ich versuche abzutöten.

Sie dreht sich sogar nochmal nach mir um, bevor sie hinter der Bühne verschwindet.

Ich gehe zurück zu Nils und Sven und weiß jetzt schon, dass ich mir gleich etwas anhören muss.

»Du stehst also auf die kleinen, zierlichen Dinger ohne Arsch und Busen!« Svens Grinsen wird breit.

Nils wird noch immer von seiner rothaarigen Traumfrau verzaubert, aber er findet trotzdem Zeit für einen überflüssigen Kommentar. »Sixten hat einen scheiß Geschmack bei Frauen! Außerdem hat er sich den Sexualtrieb doch schon längst weggekifft!«

»Konzentrier dich lieber darauf, dass deine Hose trocken bleibt«, knurre ich.

Er streckt mir die Zunge raus. Eine grotesk-kindische Geste in Anbetracht der Tatsache, dass gerade eine Prostituierte auf seinem Schoß hin und her rutscht.

»Hol dir die Kleine. Ich bezahle«, bietet Sven an.

Ja, er ist reich und in seiner Großzügigkeit aufdringlich, trotzdem spiele ich kurz mit dem Gedanken, Ja zu sagen.

»Sie ist nicht mehr hier, wahrscheinlich hat sie schon jemand anders gefunden«, spekuliere ich und lasse den Blick schweifen.

Zuerst bin ich einsilbig, dann unausstehlich und jetzt will ich, dass der Bruder meines besten Freundes sie mir kauft. Doktor Mattson ist nicht ganz so bescheuert, wie ich ihm gedanklich immer unterstelle. Die Drogen machen mich zu einem wankelmütigen Vollpfosten.

Ich widme mich wieder der Flasche Wein auf dem Tisch. Eigentlich schreit alles in mir nach einem Trip, aber ich bin mir sicher, dass auf jeder Oberfläche in diesem Laden, auf der ich eine Line ziehen könnte, Schlimmeres klebt als Kokain.

Sven fängt an, darüber zu schwadronieren, wie großartig er ist. Warum er das mir erzählt und nicht einer der Frauen, die ihm für Geld auch zuhören würden, verstehe ich nicht.

Er redet über Kambodscha und seine brillante Idee, dort in eine Golfanlage für Touristen zu investieren. Bei ihm hört sich das an, als hätte er Aids geheilt und nicht einfach nur Bälle gekauft und Glück gehabt.

Ich heuchle das bisschen Interesse, das ich ausstrahle, vor, denn in Wirklichkeit sehe ich nur, wie sich seine Lippen zu dem ganzen Blabla bewegen, und verstehe kein Wort. Man sagt, Kokain macht sozial unumgänglich, aber ich bin nur ein Idiot zu Leuten, die nett zu mir sind. Solange Sven mich nervt, kann ich sozial sein. Wenn er mir gesteht, wie gern er mich hat, muss ich ihn verprügeln.

»Hey, ist das nicht dein Mädchen dort drüben?«

Diesen Satz höre ich und finde ihn dämlich formuliert. Ich drehe mich trotzdem sofort um und suche nach den vielen hellblonden Haaren.

Sie steht wieder an der Bar, diesmal mit einem dicken Typen mit Vollbart und Glatze. Ich frage mich, wie sie ihn ansehen kann, ohne schreiend wegzulaufen.

In einer besseren Welt würde sie diese musternden, geilen Blicke nicht über ihren Körper wandern lassen müssen. Sie könnte gehen und glücklich sein und ich könnte ihr glauben, dass sie mich interessant findet.

Ich bin ein koksabhängiger Niemand und sie eine Prostituierte, die sich gleich von diesem ekeligen Fettsack bumsen lassen wird – die Welt ist, was sie ist.

Ich springe auf und erschrecke dabei Sven – ihm fällt beinahe eine Rolle Geld aus der Gesäßtasche. Irrationales Handeln ist absolut mein Ding, peinliche Auftritte auch, also Scheinwerfer auf mich!

Ihr Blick trifft mich und wird zu Recht fragend. Ich weiß nicht, was ich vorhabe, aber als sich der Typ zu mir umdreht, kommt mir eine Idee.

»Entschuldige, dass ich dich warten habe lassen. Gehen wir.«

Ich strecke meine Hand nach ihr aus. Sie will zugreifen, aber es drängen sich zweihundertfünfzig Kilo notgeiles Testosteron zwischen uns.

»Immer langsam, junger Mann. Die hübsche Lady gehört vorerst mir.«

Dass er das so ausdrückt, ist absolut widerlich und peinlich. Ich könnte ihn umhauen und ein Erdbeben verursachen, aber davon hätte niemand etwas, außer die frustrierte, aggressive Persönlichkeit in mir, die ich Doktor Mattson vorstellen müsste, nachdem der dicke Widerling mich angezeigt hat.

»Wir haben schon vorher etwas vereinbart. Ich war nur kurz weg, um Kokain zu kaufen.«

Leuten so unverblümt ins Gesicht zu schmettern, dass man Drogen nimmt, macht ihnen Angst. Er verzieht die Lippen – das glaube ich zumindest hinter dem Bart zu erkennen. Hoffentlich findet er mich seltsam genug, um freiwillig das Feld zu räumen.

»Das hier ist kein Kaufhaus, in dem du etwas, das dir gefällt, reservieren kannst! Sie hat gesagt, sie hat Zeit, und du wirst warten müssen, bis wir fertig sind. Aber keine Angst, du bekommst die junge Dame unbeschadet wieder.«

Ich bin der Meinung, dass ich spätestens jetzt jedes Recht der Welt habe, ihm eine reinzuhauen – leider läuft die Sache mit dem Recht und der Gerechtigkeit anders. Wenn er eine Platzwunde hat oder sich die Knochen bricht, bin ich der böse Junkie, der im Gefängnis zum Strichjungen wird. Dann verkaufen wir uns beide – sie und ich.

Sie sieht mich hilflos an und schüttelt sanft den Kopf. Mir wird klar, dass sie Ärger bekommt, wenn sie den Fettsack wütend macht. Er ist der Typ Mensch, der einen Aufstand macht, wenn er nicht bekommt, was er will, weil er sich selbst für wichtig und sie für einen Menschen zweiter Klasse hält.

»Lass uns eine Wette abschließen.«

Mir bleibt nichts anderes übrig, als auf seinem ekeligen Ego Planeten zu landen und so zu tun, als wäre das Zeug, das hier geatmet wird, nicht Arroganz und Habgier. Dann denke ich eben wie er. Um Ware kann man spielen und auf Ego-Topia wird gerne gewettet, ich bin mir sicher.

Mein Blick schweift ans andere Ende der Bar, zur Wand mit dem Darts-Automaten. »Wenn du gewinnst, gehört sie dir und ich bezahle. Wenn ich gewinne, ziehst du Leine.«

Mein Angebot klingt verlockend und ist so leer wie meine Taschen.

Er grinst verschmitzt und kann gar nicht Nein sagen, weil er sich für einen Gewinner hält. »Na gut, junger Mann. Ich hoffe, du weißt, wie man Cricket spielt.« Er geht voraus, nicht ohne zu demonstrieren, wie selbstsicher er ist, indem er eine Hand gespielt lässig in die Hosentasche steckt. Seine Hose spannt auch so schon.

Es ekelt mich vor der bloßen Vorstellung, dass er sie bald auszieht. Es fühlt sich plötzlich so an, als ob ich mit ihm ins Bett müsste, wenn ich verliere.

»Kannst du spielen?«

Diese raue, leise Stimme macht mir wieder bewusst, dass nur sie etwas zu verlieren hat.

Ich drehe mich nach ihr um und zucke mit den Schultern. »Früher ja.«

Sie weiß nicht, was das heißt, aber sie nickt. Was soll sie auch sonst tun? Damit sie nicht mit dem Fettsack schlafen muss, verlässt sie sich darauf, dass ein depressiver Junkie eine Partie Darts für sie gewinnt. Märchen erzählt man anders.

Er trifft mit zwei seiner ersten drei Pfeile die Zwanzig. Ich treffe nichts, weil Nils und Sven sich zu uns stellen und mich mit Fragen löchern.

»Was machst du?«

»Wer ist das?«

»Wieso spielst du so beschissen?«

Wenn meine Blicke töten könnten, würden sie gerade Doppelmord begehen. Die beiden Brüder nerven mich. Meine Hand ist so schon unruhig genug, ohne Zurufe von Babyface und dem Kambodscha-Rockefeller.

Ich habe nicht mehr gespielt, seit meine Hände angefangen haben zu zittern. Diese innere Unruhe hat mich vieles aufgeben lassen.

Ich treffe und treffe nicht. Nils meint, ich würde mich nur dumm stellen, um es spannend zu machen. Er hat Unrecht. Wenn ich könnte, würde ich nur noch das Triple treffen, aber so einfach ist das nicht.

Irgendwann fehlt mir nur noch die verdammte 18. Der Fettsack trifft das Bull's-Eye nicht und flucht schon die längste Zeit vor sich hin.

Egal wie konzentriert ich ziele, die Pfeile landen wo sie wollen und meine Hände zittern immer mehr.

»Komm schon, Sixten! Früher hast du mit verbundenen Augen und zwei Promille mehr getroffen!«

Ich drehe den Pfeil in meiner Hand und seufze Nils an. Er sieht, wie meine Finger zucken.

»Denk an was Schönes!«, rät er mir, weil er weiß, dass die Unruhe in mir von etwas Nicht-Schönem rührt.

Ich schmunzle über seine Art zu denken. Wenn es wirklich so einfach wäre, könnte Nils alle Depressionen mit dem machtvollen Ratschlag »Sei glücklich!« kurieren.

Sie sieht mir schon die ganze Zeit über still von der Seite zu. Als ich ihren Blick suche, ringt sie sich ein Lächeln ab. Wenn ich es nicht besser wüsste, würde ich sagen, sie ist nervös. Vielleicht bin ich ansteckend.

Während der Fettsack versucht, das Bull's-Eye zu treffen, gehe ich zu ihr und beuge mich etwas hinunter, weil sie so klein ist. Es muss nicht jeder zuhören.

»Hast du eine Lieblingszahl?«

Sie beißt sich auf die Unterlippe, während sie nachdenkt. »Fünf.«

Ich nicke und halte ihr einen der Pfeile vor die Nase. »Dann ziele ich dorthin, vielleicht haben wir Glück.«

Es ist arrogant, es Glück zu nennen, aber das fällt mir zu spät auf. Wenn sie nicht mit dem ekeligen Idioten schlafen muss, dann mit mir – zumindest glaubt sie das bestimmt.

Ich kneife die Augen zusammen und höre auf, die Hand ruhig halten zu wollen. Die 5 ist mein Ziel, das ich nicht annähernd treffe – dafür die 18.

»Scheiße!«

Der Fettsack ist so wütend, dass er die Pfeile auf den Boden pfeffert. Der Kellnerin gefällt das gar nicht. Sie stemmt die Hände in die Hüfte und funkelt ihn wütend an. Weil er nur dort aneckt, wo er auf keinen Widerstand stößt, bückt er sich und hebt die Pfeile wieder auf. Sich die alte Kellnerin zum Feind zu machen, scheint hier nicht empfehlenswert zu sein.

»Aber du bezahlst selbst! Das hatten wir vereinbart!«

Ich kann mich an die Wette erinnern, zumal ich sie selbst formuliert habe. Er sollte nur abhauen, ab hier weiß ich nicht mehr weiter.

»Mach dir nichts draus, sie erholt sich sowieso noch vom Tripper von unserem letzten Treffen«, flüstere ich ihm zu, für den Fall, dass er vorhatte, später wiederzukommen.

Er sieht mich schockiert an und weiß nicht, ob ich Blödsinn erzähle, aber er ist bestimmt zu feige, um es herauszufinden.

Sven klopft mir auf die Schulter und prostet mir zu.

»Klasse, Sixten! Ich hab noch nie so etwas Schönes beim Dartsspielen gewonnen!«

Sie hört ihn und lächelt nur. Sie könnte auch deprimiert sein, weil sie über die Tatsache nachdenkt, dass man sie überhaupt ›erspielen‹ kann, aber das scheint sie nicht zu tun.

Als sie näher kommt und mich erwartungsvoll ansieht, wird mir wieder bewusst, dass das hier keine normale Bar ist. Wenn ich ihr jetzt sage, dass ich kein Geld habe, war das hier eine sinnlose Rettungsaktion, die mich zu einem überheblichen, naiven Idioten macht.

Ich drehe mich zu Sven um. »Leihst du mir was?«

Er verdreht die Augen. »Du bekommst nicht gerne etwas geschenkt, oder?«

»Doch, kauf mir Kokain. Das fühlt sich weniger seltsam an.«

Er lacht und stellt ihr eine Frage, die mir so unangenehm ist, dass ich am liebsten nach Hause verschwinden würde. Ich bin nicht leicht in Verlegenheit zu bringen, wirklich nicht, aber so etwas zu fragen, ist für jeden seltsam, der nicht ein Jahr lang in Kambodscha Pascha gespielt hat.

»Wieviel nimmst du?«

Ich schaue auf meine Schuhe und dann zu Nils, der auch auf meine Schuhe starrt.

»2500.«

Sven raschelt mit den Scheinen. Ich wusste nicht, dass Papiergeld so viel Lärm machen kann. Er zückt drei identische Scheine mit König Gustavs Gesicht darauf.

»Du musst gut sein, wenn du so teuer bist.«

Ich fasse nicht, dass er das gerade gesagt hat. Er zieht das Geld plötzlich wieder zurück.

»Du bist aber volljährig, oder? Du siehst so jung aus!«

Jetzt ist es soweit. Ich möchte die Nüsse dort drüben in der Schüssel essen und einem anaphylaktischen Schock erliegen. Sven stellt mich als Pädophilen hin und grinst dabei auch noch beschwipst.

»Ich bin sechsundzwanzig«, stellt sie klar.

Ich hätte sie nicht so alt wie mich geschätzt, aber sie sieht auf keinen Fall aus wie ein Kind.

Bevor Sven noch mehr Schwachsinn von sich geben kann, nehme ich ihm das Geld ab und lasse es in meiner Hosentasche verschwinden.

»Du bekommst es zurück!«, beteure ich.

Er zuckt nur mit den Schultern.

Ich gehe voraus, obwohl ich keine Ahnung habe, wohin. Sie folgt mir, überholt mich irgendwann und geht zu einer spiegelnd schwarzen Tür, vor der ein Werwolf steht, der mitten in seiner Metamorphose den Stopp-Knopf gefunden hat. Ein muskelbepackter Typ ohne Hals, dafür mit Haaren am Nacken. Er trägt einen teuren Anzug und eine schwarze Sonnenbrille, mit der er hier drin absolut nichts sehen kann. Vielleicht ist er blind oder er wartet auf Morpheus und will die rote Pille schlucken.

Sie dreht sich nach mir um und legt den Kopf erwartungsvoll schief. Ich rechne mit einer Frage, aber da kommt nichts. Als ich endlich schnalle, was sie will, habe ich so lange gezögert, dass sie es doch aussprechen muss.

»Du musst im Voraus bezahlen – tut mir leid.« Sie entschuldigt sich, weil sie mitbekommen hat, dass ich eigentlich kein Geld habe. Wahrscheinlich hat sie Mitleid. Hinter der Tür können wir uns dann gegenseitig bemitleiden.

Sie gibt dem Fantasy-Sci-Fi-Ding das Geld, der daraufhin ein riesenhaftes Portemonnaie zückt. Während er mir rausgibt, erklärt er mir die Spielregeln. Ich darf sie nicht schlagen, würgen oder anzünden. Außerdem darf sie mit keiner meiner Ausscheidungen in Berührung kommen.

Er sagt das wirklich so. Neben das Bett zu scheißen ist demnach okay. Mir wird mal wieder bewusst, dass diese Welt voller Freaks ist.

Hinter der Tür liegt kein Zimmer, sondern ein Gang. Er ist kahl und wirkt irgendwie steril.

»Das hier ist mein Lieblingszimmer.« Sie bleibt vor einer der Türen stehen, deutet auf die Zahl darauf und schmunzelt.

»Nummer fünf«, lese ich vor.

»Ja. Die Zahl bringt mir Glück – heute besonders.«

Ich überlege, ob ich ihr sagen soll, dass ich nicht auf gelogene Schmeicheleien stehe, aber sie gibt sich sichtlich Mühe und das hier ist nun mal ihr Job.

Das Zimmer ist schön, nicht kitschig, aber auf alt getrimmt. Das Bettgestell ist aus dunklem Holz, genau wie der Rest der Möbel. Dieser Raum sieht so aus, als hätte er selbst dann etwas zu erzählen, wenn er nicht Teil eines Bordells wäre. Zum Glück ist hier nichts rot oder getigert.

Ich fühle mich wohler als vermutet und steuere auf den Sekretär zu.

»Magst du Musik?«

Ich gewöhne mich langsam an diese raue Stimme, die so gar nicht zu ihrer Optik passt. »Sicher.«

Während ich ihr diese halbherzige Antwort gebe, bin ich in Gedanken schon wo anders. Ich ziehe das silberne Zigarettenetui aus meiner Tasche und öffne es. Ich habe es mal wieder mit der Plastikverpackung übertrieben, aber wenn einem schon dreimal Kokain für ein Monatsgehalt flöten gegangen ist, weil man damit den Boden gezuckert hat, wird man vorsichtig.

Die Lautsprecher knarren. No Doubt singen *Don't Speak*. Ich mag schwermütige Musik, schon immer, nicht nur in letzter Zeit.

Ich ziehe die Line mit meinem Mitarbeiterausweis. Bevor ich sie wieder verschwinden lasse, überkommt mich plötzlich so etwas wie Großzügigkeit.

»Willst du was abhaben?« Sie lehnt an der Wand gegenüber, streicht sich mit den Fingern ihrer linken Hand über den rechten Arm und schüttelt den Kopf.

Das trügerische Gefühl der Euphorie überkommt mich zuverlässig wie immer. Ich muss mir in den nächsten dreißig Sekunden ständig an die Nase fassen, um sicherzugehen, dass sie nicht zu bluten beginnt.

»Wie heißt du eigentlich?«

Sie lächelt. »Kiara.«

»Wie lange machst du das hier schon?«

Was ich wissen will, ist wahrscheinlich unangenehm für sie, aber die Frage nach dem Warum wäre schlimmer gewesen.

Sie stößt sich von der Wand ab und macht ein paar Schritte – scheinbar ziellos. Das Licht hier drin ist schummrig, wie bei Kerzenschein.

Das weiße Kleid betont die paar Kurven, die sie hat. Nils würde sie flachbrüstig nennen, aber in meinen Augen sieht sie unwahrscheinlich schön aus.

»620 Tage ... oder 621, ich weiß es nicht mehr so genau.«

Mein Lachen klingt hyperaktiv, aber nur für mich, weil ich weiß, dass ich sehr tonlos lache, wenn ich auf keinem Trip bin. »Du zählst die Tage? Das ist seltsam, oder?«

»Ist eine Angewohnheit, die ich nicht loswerde.«

»Hast du mal im Gefängnis gesessen und Striche an die Mauer gezeichnet?«

Jetzt lacht sie. »So ähnlich.«

Ich kann es mir verkneifen nachzufragen, aber nur, weil sie plötzlich so nahe steht und ich meine Konzentration darauf richten muss, sie zu mustern.

»Darf ich dir auch Fragen stellen?«

Ihr Parfum hat eine Note Flieder.

»Sicher. »Du kannst machen, was du willst.«

Das stimmt so wahrscheinlich nicht und wenn ich noch genauer darüber nachdenke, könnte man das als perverse Anspielung auslegen, aber ich habe es nicht so gemeint.

Sie nickt dankend und fängt wieder an ihrem rechten Arm auf und ab zu streicheln. »Erzählst du mir etwas aus deinem Leben?«

Ich zucke mit den Schultern. »Ich bin langweilig.«

»Für mich nicht.«

»Weil ich dein Kunde bin?«

»Nein, nicht deshalb.«

Mir hat noch nie jemand so glaubhaft vorgegaukelt, dass ich interessant wäre. Weil ich in Redelaune bin, lege ich los.

»Ich bin gleich alt wie du. Meine Eltern sind tot – Autounfall, als ich sechs war. Aufgewachsen bin ich bei meiner Großmutter – auch tot, seit sechs Monaten, oder 183 Tage, für dich. Der kleine Blonde da draußen ist mein bester Freund – Nils – aber ich bin nicht sonderlich umgänglich, denke ich. Ich arbeite in einer Schwimmhalle.

Seit Kurzem muss ich freitags zum Suchtberater, weil ich zu blöd bin, um Polizisten von Dealern zu unterscheiden. Ich mag Vögel, und alle Pflanzen, die je in meiner Obhut waren, haben ausnahmslos das Zeitliche gesegnet.«

Als ich fertig bin, sehe ich, dass sie an meinen Lippen hängt.

»Das war's«, stelle ich klar und lasse das Zigarettenetui wieder in der Hosentasche verschwinden.

»Du bist das Gegenteil von langweilig. Danke.«

»Für was denn?«

»Dass du hergekommen bist. Und dass du so viel Geld für mich ausgegeben hast.«

»Sonst gebe ich mein Geld sowieso nur für selbstzerstörerischen Mist aus. Wenn ich dir den Fettsack erspart habe, war es gut angelegt.«

Ich meine, was ich sage, obwohl mir immer ein kalter Schauer über den Rücken läuft, wenn ich so etwas wie Schmeicheleien ausspreche.

Sie streckt vorsichtig die Hand nach mir aus, so als würde sie auf meine Erlaubnis warten, um mich anfassen zu dürfen. Vielleicht sollte ich ihr sagen, dass ich keine sechzehnjährige Klosterschülerin mit Angst vor ihrem ersten Mal bin.

»Darf ich dich küssen oder möchtest du das nicht?«

Als sie das fragt, muss ich schmunzeln. »Was soll ich antworten? Wenn du möchtest, ja. Aber du musst nicht, wenn es dich ekelt und du mutig genug bist, es zuzugeben.«

Sie ist nicht mutig genug, sie küsst mich.

Ich bin viel größer als sie, also muss sie sich an mir hochziehen.

Ihre Lippen und ihre Haut sind weich wie Satinbettwäsche. Ich lege meine Hand auf ihren Rücken und vergesse, wer sie ist und wo ich bin.

Sie drückt sich an mich, fester als erwartet. Ich taumle einen Schritt zurück, bis ich gegen den Sekretär stoße.

Ihre Hände liegen auf meinem Nacken. Sie schmeckt nach Pfefferminze und ihre Zunge ist überraschend kühl. Ich denke, ich bin kein guter Küsser, aber sie, also passe ich mich an.

Ab dem Moment, in dem ich ihre Lippen nicht mehr auf meinen fühle, wird mir etwas bewusst. Das hier wird nicht so enden, wie es sollte.

Sie hat nur aufgehört, um mir eine Frage zu stellen. »Was würde dich am glücklichsten machen?«

Das klingt verführerisch, verheißungsvoll und lässt Frustrationen in mir wachsen.

Sie will wissen, ob ich sie ausziehen möchte, oder ob ich sehen will, wie sie es selbst tut. Wahrscheinlich will sie auch hören, wie ich sie gerne nehmen würde oder ob ich es hart oder langsam mag.

Ich zucke mit den Schultern und mache einen Schritt zur Seite. »Wir müssen nicht miteinander schlafen.«

Obwohl ich es so vorsichtig formuliert habe, wird ihr Blick nachdenklich und irgendwie schuldbewusst.

»Du willst nicht ...«, stellt sie fest.

Am liebsten würde ich sie wieder küssen, damit sie aufhört so auszusehen, als wäre es ihre Schuld, aber das würde nur wieder dazu führen, dass ich selbst für ein paar Sekunden glaube, dass das hier nicht unbefriedigend enden würde.

»Ich schlafe mit vielen Männern …«, beginnt sie etwas auszusprechen, das ihr sichtlich unangenehm ist. »Das gefällt dir nicht.«

Ich ziehe eine Augenbraue nach oben. »Nein, tut es nicht. Aber es ist dein Leben und wer bin ich, jemandem vorzuschreiben, wie er mit all dem Scheiß, der täglich passiert, umgehen soll. Was du machst, ist okay, solange es für dich okay ist.«

Ich bin definitiv kein Philosoph, aber ich denke, sie versteht, auf was ich hinauswill.

»Dann gefalle ich dir nicht? Möchtest du ein anderes Mädchen haben, oder einen …«

»Ich bin nicht schwul, nur seltsam.«

Wenn ihre Brüste so groß wären, wie ihre Augen gerade werden, wäre sie Nils' Traumfrau.

»Magst du keinen Sex?«, fragt sie.

Wenn ich diese Frage zum ersten Mal hören würde, wäre ich schockiert oder beleidigt – nach irgendetwas in dieser Richtung hat es sich damals angefühlt.

Ich setze mich an den Bettrand und fasse wieder in meine Hosentasche. »Darf ich hier rauchen?«

Sie nickt und setzt sich zu mir, nicht dicht – zwischen uns hätte noch jemand Platz.

Während ich mir eine Zigarette anzünde, überlege ich, wie ehrlich ich sein soll.

»Ich mag Sex«, beantworte ich ihre Frage. »Aber es läuft meistens nicht so, wie ich es gerne hätte. Lass mich uns beiden das peinliche Schweigen ersparen, das nach fünfzig Minuten folgt, kurz bevor mich dein Zuhälter rausschmeißt, weil die Stunde rum ist.«

Das waren zu vage Informationen, ich weiß das. Ich weiß auch, was sie denkt, das mein Problem ist.

»Du kannst nicht …«

»Doch, ich kann. Aber ich komme nicht.«

Ich lasse mich nach hinten auf das Bett fallen, damit ich mir ihre Reaktion nicht ansehen muss. Vielleicht hatte sie schon mal einen Kunden mit demselben Problem, höchstwahrscheinlich aber nicht. Niemand ist so irre und gibt 2500 Kronen für eine Prostituierte aus, wenn er weiß, dass er sowieso nicht kommen kann. Ja, ich bin ein irrationaler Junkie mit Schulden bei Sven.

»Noch nie?« Sie klingt nicht so amüsiert, wie ich es an ihrer Stelle wäre, vielleicht weil sie kein Arschloch ist.

Die Decke ist mit Stuck verziert. Wer auch immer diese Räume eingerichtet hat, hat sich Mühe gegeben.

»Doch, aber in letzter Zeit nicht mehr.«

»Dir geht zu viel im Kopf herum. Es tut mir leid, dass dein Leben so schwer war.«

Ich schaue zu ihr rüber und dämpfe die Zigarette wieder aus, weil sie scheußlich schmeckt.

Sie sieht in meinen Augen noch immer unfassbar gut aus, obwohl ich Leute hasse, die mit Mitleid um sich werfen. Bei ihr klingt es ehrlich. Sie schafft es, auch mir vorzulügen, dass sie mich interessant findet. Vielleicht sollte sie über eine Schauspielkarriere nachdenken, dann müsste sie nur mehr mit einer Handvoll Männern schlafen, um Geld zu verdienen.

»Versuch, wieder glücklicher zu werden.« Sie hat zweifelsohne etwas von Nils' Naivität.

»Nichts leichter als das. Ich fange morgen damit an, okay?«

Sie schüttelt den Kopf, dreht sich um und kniet sich auf das Bett. Ich kann ihr unter den Rock schauen. »Fang heute Nacht an! Ich will versuchen, dir zu helfen.«

»Wieso?«

»Du hast mir auch geholfen.«

Sie trägt hellblaue Unterwäsche, sehr hell-hellblau – sie ist fast durchsichtig.

»Und ich bin dein Kunde«, sage ich, für den Fall, dass ich es selbst vergessen habe.

»Ja, das bist du.« Sie hebt eines ihrer Beine über mich, aber sie setzt sich nicht auf mich, sondern bleibt auf den Knien. Ihre Hände legen sich auf meine Wangen und ihre Daumen auf meine Lippen. »Entspann dich. Stress dich nicht. Lass uns tun, was dir gefällt, und aufhören, wenn du aufhören willst.«

Jetzt komme ich mir wirklich vor, wie eine sechzehnjährige jungfräuliche Klosterschülerin – mit Erektion.

Sie küsst mich wieder. Ich kann mich nicht erinnern, wann ich jemals jemanden so gewollt habe. Es wird umso unangenehmer, wenn ich trotzdem nicht kommen kann, aber ich bin Enttäuschungen gewöhnt, genauso wie diese Euphorie, die sie in mir hervorruft.

Sie sieht mir immer wieder in die Augen, so als würde sie meine Reaktionen unbedingt mitbekommen wollen. Vielleicht ist sie auch nur von meiner Pigmentstörung fasziniert.

Alle ihre Bewegungen sind geschmeidig und rhythmisch. Ihr ganzer Körper riecht nach Flieder, jede weiche, warme Stelle.

Sie atmet hörbar laut, ich kann sie trotz der knackenden Lautsprecher durch den Text von *Tainted Love* hören.

Ihr Blick ist der Inbegriff von allem, was Begierde in mir weckt, ich will ihn weiterhin sehen, aber ihre Haare kitzeln mich. Ich kann sie mühelos von mir runterheben und aufs Bett legen. Obwohl ich mir mit diesem Stellungswechsel Arbeit aufhalse, fühlt es sich gut an. Mein Körper über ihrem und mein Tempo – ich bin ein sexueller Kontrollfreak, darüber sollte ich mit Doktor Mattson reden.

Ich genieße jedes leise Stöhnen, jedes Mal, wenn sie mir ihr Becken entgegendrückt, weil sie mich spüren will. In mir staut sich etwas auf, das immer lauter nach Befriedigung verlangt. Der Drang lässt mich verbissen werden und das Tempo erhöhen.

»Warte!« Ihre Aufforderung ist ein Befehl an meinen Körper.

Ich halte inne, dieser Druck frisst mich plötzlich nicht mehr auf, er nagt nur an mir.

»Hab ich dir weh getan?« Meine Stimme kommt mir seltsam fremd vor. Es ist diese Angst davor, jemand anderen zu verletzen, die sich nicht oft in meinen Tonfall schleicht.

Sie schüttelt den Kopf, hält die Augen geschlossen. »Nein! Aber ich halte das nicht mehr lange durch.«

»Soll ich aufhören?«

Jetzt macht sie die Augen auf. Sie glänzen lustvoll, nicht traurig. »Nein! Ich meine, ich komme … gleich.«

Dieser Satz schickt einen so wohligen Schauer durch meinen Körper, dass ich für den Bruchteil einer Sekunde glaube, dass gleich alles vorbei ist. Ich muss mich tatsächlich zurückhalten, obwohl ich mir weder sicher bin, ob sie die Wahrheit sagt, noch ob ich jemals wieder so knapp davor sein werde, diese innere Anspannung loszuwerden.

Sie rafft sich auf und dreht sich um. Ihre Hände umklammern das Bettgestell.

»Ich will mit dir zusammen kommen«, sagt sie leise.

Die Vorstellung jagt wieder diesen angenehmen Schauer durch meinen Körper, aber er wird schnell abgeschwächt. Gleichzeitig zu kommen wäre, selbst ohne meine Blockade, schwierig, aber es zu versuchen, reizt mich.

Ihr Stöhnen ist wie die beste Droge der Welt – ein Aphrodisiakum, das ohne Ende Glücksgefühle freisetzt. Es ist mir plötzlich egal, wie das hier für mich endet. Kein Orgasmus kann sich besser anfühlen als das – nichts kann sich besser anfühlen als das.

Sie fängt wieder an, sich mir entgegenzudrücken, und wird lauter, als ich beginne, mit der Hand ein wenig nachzuhelfen. Wer nicht kommen kann, hat viel Zeit zu experimentieren, ich bin also nicht vollkommen ahnungslos, was Frauenkörper betrifft.

Sie kommt wirklich. Dieses Pulsieren ist unglaublich intensiv und befördert meinen Verstand in den Standby-Modus. Meine letzten Stöße sind ungestüm, weil ich nicht mehr nachdenke, sondern nur mit ihr gemeinsam kommen will.

Ich hatte vorhin Unrecht. Ein Orgasmus kann sich besser anfühlen als dieses Kribbeln. Ich sacke auf ihr zusammen und wir fallen beide auf die Matratze.

Mir fällt erst nach einer ganzen Weile auf, dass ich schwer sein muss. Ich rolle mich von ihr runter und schließe die Augen. Mein

Atem beruhigt sich langsam wieder, aber ich will dieses Glücksgefühl so lange wie möglich aufrechterhalten.

Ich weiß nicht, ob ich mich jemals schon so zufrieden gefühlt habe. Doch, ich weiß es und plötzlich spukt der ganze Scheiß, der passiert ist, wieder in meinen Gedanken herum.

»Bist du glücklich?«

»Nein, aber es fühlt sich so an, als ob.« Ich sehe zu ihr rüber und finde sie noch immer schön. Nach dem Sex gefällt mir nie jemand, auch nicht mein Spiegelbild.

Sie reicht mir ein Feuchttuch, das nach Veilchen riecht, und steigt aus dem Bett.

Die Wirkung der Endorphine, die mein Höhepunkt freigesetzt hat, klingt gleichzeitig mit der der Drogen ab. Ich bekomme Kopfschmerzen, Durst und schlechte Laune, während ich nach meiner Hose suche. Das ist das Tief nach dem Hoch, das jeden noch so schönen Moment als Reinfall in Erinnerung behalten lässt, wenn man es nicht abfängt – ein Junkie-Teufelskreis.

»Können wir uns wiedersehen?«, fragt sie.

Ich suche nach dem Zigarettenetui und fluche leise, weil ich es nicht gleich finde. Sie hat sich einen seidenen Morgenmantel angezogen und setzt sich wieder auf das Bett.

Dass ich ihr erst antworte, als ich finde, was ich suche, sagt viel über mich aus.

»Dazu fehlt mir das Geld. Tut mir leid.«

»Ich wohne hier. Tagsüber ist hier fast nie jemand. Wenn du dann vorbeikommen möchtest, dann …«

Ich starre sie zwei Sekunden lang an. »Du wohnst hier?«

Ihr Nicken ist vorsichtig, so vorsichtig, wie ich mit meinem nächsten Satz sein sollte. Dafür, dass ich gerade in einem Tief stecke, kann sie nichts und ich will sie wiedersehen.

»Soll ich einfach klingeln oder ...«

»Nein. Ruf vorher an. Ich darf mich eigentlich nicht mit Männern treffen.«

»Mit Kunden?«

»Doch, mit Kunden darf ich mich treffen, aber nicht mit ...« Sie findet kein Wort, das das hier beschreiben würde.

Ich will darüber nachdenken, wieso sie mich wiedersehen will, ob ihre Faszination vielleicht doch nicht gespielt war und ob sie möglicherweise gegen ihren Willen hier festgehalten wird, aber dieser Drang nach dem trügerischen Hochgefühl ist stärker. Ihr Zuhälter klopft gegen die Tür, während ich mir das weiße Pulver auf den Handrücken rieseln lasse. Wir sind schon lange hier drin.

Sie hebt das Handy, das mir beim Anziehen aus der Hosentasche gefallen ist, auf und tippt ihre Nummer ein. »Ruf an, wann immer du willst. Wenn ich arbeite, rufe ich zurück.«

»Okay.«

Das Kokain wirkt nicht so intensiv wie sonst, weil ich zu wenig erwischt habe, aber die Kopfschmerzen verschwinden.

Ich nehme mein Handy und lasse es in der Hosentasche verschwinden. »Danke ...«

Ich habe ihren Namen vergessen, das bekommt sie mit, aber sie lächelt nur.

»Nicht so wichtig, solange wir uns wiedersehen.«

Auf meinen Weg zur Tür gehen mir zu viele Dinge durch den Kopf. Ich hätte mich nicht nochmal umgedreht, weil ich scheiße darin bin, mich zu verabschieden, aber sie sagt etwas, das mich dazu zwingt.

»Hör auf damit. Bitte.«

Mein Blick wird viel zu streng. Sie sitzt nur da und sieht mich mit diesen großen, hellbraunen Augen an. Ich weiß, wovon sie spricht, es liegt auf der Hand, oder es lag auf meinem Handrücken, gerade eben noch.

Ich erwidere etwas Gemeines, bevor ich die Tür hinter mir zufallen lasse, weil ich mich angegriffen fühle. »Hör du doch auf. Bitte.«

Nils und Sven sitzen an unserem Tisch und sind unfassbar betrunken. Als sie mich sehen, jaulen sie, als ob wir gerade die Fußball-WM gewonnen hätten.

»Sixten! Du alter …«

Lustigerweise fällt Nils kein Wort ein. Die Leute haben sich schon immer schwer getan, mich mit einem einzigen Wort zu charakterisieren. Aus Nils' Beschreibung wird heute, dank ein paar Flaschen Wein: Sixten, du alter Sixten!

»Na?! War die Kleine ihr Geld wert?«

Sven grinst und streckt mir ein volles Glas Wein entgegen.

Ich mache einen Schluck und zucke dann mit den Schultern. »Naja.«

Diese Untertreibung kommt nur aus Angst über meine Lippen. Wenn ich Sven erzählen würde, dass ich gerade den besten Sex meines Lebens mit der schönsten Frau der Welt hatte, kommt er am Ende noch auf die Idee, es selbst mit ihr auszuprobieren – dann müsste ich ihn k.o. schlagen.

»Ich wette, du hast keinen hochbekommen, oder?«

Wenn Nils nicht Geburtstag hätte, würde ich ihn glatt daran erinnern, dass er erst mit vierundzwanzig entjungfert wurde.

»Wenn es so wäre, ist es nicht dein Problem«

Mein Handy vibriert, während ich das sage. Ich denke, sie schreibt mir, aber es ist Emma. Wenn sie nach Mitternacht eine SMS schickt, ist der Inhalt zermürbend. Auf gute Nachrichten von ihr zu warten, wäre aber auch naiv. Ich weiß, was passieren wird. Das Ende dieser tragischen Geschichte hat kein Drehbuchautor geschrieben, sondern das Leben, und das ist ein sadistischer, herzloser Bastard.

Ich lese die Zeilen, obwohl sie mich runterziehen werden. Es ist zu spät, um wegzulaufen oder die Augen davor zu verschließen, ich stecke da zu tief drin.

Die Therapie schlägt nicht an. Wir müssen uns auf das Schlimmste gefasst machen. Wenn du ihn nochmal sehen möchtest, dann bald.

»Spielst du noch eine Partie Darts gegen mich? So beschissen wie du zur Zeit spielst, kann sogar ich dich schlagen!«

Svens Satz ist nur ein Rauschen in meinen Ohren. Ich stehe auf und fasse in meine Hosentasche. Das Restgeld, das mir der Zuhälter rausgegeben hat, ist noch da, also kann ich mir ein Taxi rufen.

»Hey! Wohin willst du?«

»Nach Hause. Ich muss morgen früh raus.«

»Du bist zu absolut nichts mehr zu gebrauchen! Geh eben und koks dir die Birne weg! Idiot!«

Nils ist wütend und macht eine Szene. Das kann er besonders gut, weil er gerne Telenovelas sieht. »Ein schöner Freund bist du! Scheiß Junkie.«

Morgen bekomme ich eine SMS, in der steht, dass er das nicht so gemeint hat. Im Grunde ist mir egal, was er sagt. Zum Teil hat er recht und ich will mich nicht erklären müssen. Er weiß von Alvin, aber nicht, dass es ihm so schlecht geht. Ich brauche niemanden, dem ich vorjammern kann, warum ich mich miserabel fühle. Reden ändert nichts, schon gar nicht am Tod, und Mitleid kann ich keines gebrauchen, schließlich bin nicht ich es, der im Krankenhaus liegt.

Das Leben ist keine Berg- und Talfahrt. Wir fahren durch eine Schlucht und manchmal klebt uns jemand ein hübsches Poster an die Scheibe, damit wir denken, da draußen gibt es noch etwas anderes außer Dunkelheit und Dreck.

3

Der furchtbarste Ort der Welt

Wenn ich mit dem Bus fahre, wird mir immer wieder klar, dass ich doch nicht unansehnlich bin. Die meisten Leute hier erwecken den Anschein, als hätten sie zuhause weder fließend Wasser noch Spiegel. Wenn man weiß, was Shampoo ist, hat man anscheinend auch ein Auto. Ich hatte mal eines, aber ich habe es verkauft, weil es für mich keinen Sinn mehr macht zu fahren. Ich bin zwar selbstzerstörerisch, aber kein Mörder. Wer mit einem Päckchen Kokain unter dem Kopfkissen schläft, sollte sich nicht hinters Steuer setzen.

Diese ganze Gegend ist trist und grau. Die Betonblöcke mit den vielen Fenstern scheinen auf die Umgebung abgefärbt zu haben.

Auf einem der Dächer landet gerade der Notfall-Hubschrauber. Der Lärm kann keine Wohltat für die Patienten sein, aber wahrscheinlich haben die meisten größere Probleme.

Ich gehe an einem Gebäude mit der Aufschrift: ›Abteilung für Abhängigkeitserkrankungen‹ vorbei und stelle mir vor, dass ich davorstehe und Kette rauche.

Laut Doktor Mattson endet für mich alles hier oder in einer Gefängniszelle. So oder so, um den Entzug komme ich wahrscheinlich nicht herum. Vielleicht mit einer Überdosis, aber ich halte nichts von Selbstmord.

Natürlich behaupte ich, dass ich aufhören könnte, wenn ich wollte, mir fehlt nur ein Ansporn. Zurzeit habe ich keinen. Ob ich high bin oder nicht, interessiert die Welt nicht, und für mich ist es so leichter zu ertragen – Punkt.

Ich hasse es, wenn ich anfange, mich vor mir selbst zu rechtfertigen. Von dort ist es nicht mehr weit bis zu dem Tag, an dem ich ein Selbstgespräch darüber führe, wann ich meine Cordhose das letzte Mal gewaschen habe und ob es überhaupt notwendig ist, im Bus Hosen zu tragen. Ich sollte in Gedanken lieber weiter *Tainted Love* singen, so sehr ich es auch hasse, Ohrwürmer zu haben.

Onkologie. Selbst das Schild über der Tür sieht niederschmetternd aus. Das bläuliche Licht wirkt unnatürlich und der Schriftzug ist fast schon verblasst.

Die Schiebetür öffnet sich und es riecht sofort nach Desinfektionsmittel. Ich mag den Geruch nicht und auch nicht das Schluchzen, das ich immer von irgendwoher vernehme, während ich hier bin. Heute weint ein zwei Meter großer Mann, der am Getränkeautomaten steht.

Alvin liegt im zweiten Stock, in der Kinder-Onkologie. Das hier ist der furchtbarste Ort der Welt, daran ändern auch die bunten Wände und das einstudierte Lächeln auf den Lippen des Personals nichts.

Ich rieche Emmas Parfum schon vor der Tür. Sie trägt immer einen sehr markanten, schweren Duft. Vielleicht will sie ihre Angst überdecken, mit Chanel Nummer 5. Rhetorisch überspielt sie ihre Panik mit Sprichwörtern. Es kommt mir manchmal so vor, als wüsste sie nicht mehr, was sie sagen soll, und greift dann auf Floskeln zurück, weil sie die spontan abrufen kann. Niemand kann ihr das verübeln, ihr Sohn ist todkrank.

Ich klopfe leise und öffne die Tür einen Spalt. »Kann ich reinkommen?«

»Ja!« Alvins Stimme klingt aufgeweckt. Ich war mir nicht sicher, in welcher Verfassung er ist. Dass er überhaupt ansprechbar ist, ist eine Erleichterung für mich.

»Sieh mal, wer dich besuchen kommt. Aquaman!« Emma sitzt auf einem der Stühle am Esstisch und hält einen Puddingbecher. Sie isst ihn nicht, sie stellt ihn spätestens in fünf Minuten weg.

»Sixten! Hallo!«, ruft er.

Er sieht schlecht aus, blass, kahl, müde. Das Lächeln auf seinen Lippen versetzt mir einen Stich ins Herz. Ich war zwei Wochen lang nicht mehr hier. Während des ersten Monats seiner Behandlung war ich jeden zweiten Tag bei ihm.

»Alles klar?«

Diese Frage ist abartig überflüssig, aber ich weiß nicht, was ich sonst sagen soll. Mir fällt kein passendes Sprichwort ein.

»Hast du Dodo gefüttert?« Er hebt die Hand und zeigt auf mich, während er mir dieselbe Frage stellt, die er mir immer stellt, wenn er mich sieht. Sein Arm ist so unsagbar dünn geworden, dass ich schockiert bin.

»Sicher! Er hat heute ein Steak bekommen.«

Alvin lacht leise. Ich glaube nicht, dass er noch laut lachen kann.

Dodo ist der dicke Goldfisch, den ich nach Hause mitgenommen habe, weil die Ärzte nicht erlaubt haben, dass das Glas mit dem Fisch hier stehen bleibt. Ich habe Alvin gesagt, dass ich kein guter Tiersitter bin, weil ich höchstwahrscheinlich vergesse, ihn zu füttern, aber er hat darauf bestanden, dass ich ihn nehme.

Dodo ist übrigens tot. Ich habe ihn wirklich gefüttert, trotzdem hat er eines Nachts das Zeitliche gesegnet. Ich kann es Alvin nicht sagen. Mein Plan war, ihm einen neuen Goldfisch zu kaufen und ihn ihm erst dann zurückzugeben, wenn ich ihn genauso übergewichtig wie Dodo gefüttert habe. Das ist nicht mehr notwendig. Alvin wird seinen Goldfisch nicht wiedersehen.

»Was liest du gerade?« Ich zeige auf die Comics am Nachttisch.

Emma steht auf. »Kaffee macht müde Knochen munter! Ich hol mir eine Tasse. Willst du auch einen?«

»Nein, danke.«

Sie geht nicht, ohne mir über die Schulter zu streicheln. Das ist ihre Art, danke zu sagen. Sie hat es sich noch immer nicht abgewöhnt, obwohl es schon mal für unangenehme Diskussionen gesorgt hat.

Alvins Vater ist ein Idiot. Er ist nie hier, weil er sich hinter seiner Arbeit versteckt. Als er doch mal Zeit gefunden hat, seinen todkranken Sohn zu besuchen, war ich zufällig auch da und Emma hat mir über die Schulter gestreichelt. Sie hat mir später erzählt, dass er ihr zu Hause unterstellt hat, wir hätten eine Affäre. Vielleicht glaubt er das heute noch, aber im Grunde ist es egal. Emma will sich sobald wie möglich von ihm trennen, sie wartet nur noch ab, weil sie im Moment für Scheidungskrieg keinen Kopf hat.

»Wieso liest du eigentlich nur DC Comics? Marvel ist doch gerade schwer angesagt, oder?« Ich greife mir das Heft und blättere es durch.

»Ich mag die ernsteren Helden lieber«, meint Alvin und drückt den Knopf an seinem Bett, damit sich das Kopfende hebt. Dieser einfache Knopfdruck strengt ihn schon an.

»Ja, ich auch.«

»Gibt es was Neues? Erzähl mir etwas!«

Ich setze mich auf das kleine Sofa in der Ecke und überlege. »Hmm … David lässt endlich ein Zehn-Meter-Brett einbauen. Da runter zu springen könnte Spaß machen. Sobald du wieder fit bist, musst du vorbeikommen.«

Er reagiert nicht wirklich, sieht mich nur erwartungsvoll an.

»Und ich habe ein Mädchen kennen gelernt.«

Das bringt ihn zum Schmunzeln. »Wird sie deine Freundin?«

Ich schüttle den Kopf. »Wohl eher nicht, aber sie gefällt mir. Jetzt brauchst du dich nicht mehr über mich zu wundern.«

Alvin hat mir immer vorgeworfen, ich wäre seltsam, weil ich keine Freundin habe und nicht auf seine Sportlehrerin stehe. Dass mir zwei Meter große Frauen mit mehr Muskeln als ich Angst machen, konnte ich einem Zehnjährigen nicht erklären.

»Wie ist sie so?«

»Blond und hübsch. Sie sagt nette Sachen über mich, obwohl ich so seltsam bin.«

Er grinst noch immer. »Dann sollte sie aber deine Freundin werden!«

Nein, sie ist eine Prostituierte. Natürlich sage ich das nicht. »Sie arbeitet zu viel. Wir würden uns kaum sehen.«

»Was macht sie?«

Ich bleibe so dicht an der Wahrheit, wie es geht. »Sie ist Tänzerin.«

»Im Ballett?«

Die Vorstellung gefällt mir, also nicke ich.

»Du solltest sie heiraten!«

Meine Gesichtszüge entgleiten mir kurz. Aus Alvins Mund klingt die Welt immer so einfach.

»Mach dir lieber Gedanken darum, dass du schnell wieder gesund wirst und zu mir in die Schwimmhalle kommen kannst. Mein Liebesleben ist langweilig und wir unterhalten uns darüber, wenn du alt genug bist, um Wein zu trinken.«

»Ich weiß nicht, ob das geht.«

Er sagt das ganz ruhig, mit der Stimme eines Kindes, das weiß, dass es sterben muss. Mir wird seltsam zumute. Ein beklemmendes Gefühl, das sich mit Wut und Trauer mischt. Ich denke immer, ich weiß, wie furchtbar das Leben sein kann, wie unbarmherzig und makaber, aber man kann mich doch schockieren. Ich fühle noch zu intensiv und erwarte noch zuviel vom Schicksal, als dass mich das hier kalt lassen würde.

»Gestern war ein Priester hier. Er sagt, ich komme in den Himmel und das es schön dort ist.«

Ich stehe auf, weil es sich anfühlt, als würde der Stuhl brennen. Niemand auf der Welt hat das Recht, Alvin zu erzählen, dass er ein hoffnungsloser Fall ist – schon gar kein Priester.

»Hör lieber auf deine Ärzte und nicht auf irgendeinen alten Sack im Talar!«

»Die Ärzte sagen, ich bekomme noch eine Chemotherapie. Eine neue, weil die alte nicht geholfen hat.«

»Ja! Konzentrier dich darauf, nicht auf irgendwelche Versprechungen von Gott und dem Himmel. Gott kann deinen Krebs nicht heilen, die Medizin schon.«

»Glaubst du, es gibt ihn nicht?«

Ich starre Alvin an und bin an einem Punkt angelangt, an dem ich nicht lügen kann und will. Wenn es einen Gott geben würde, würde er Typen wie mich krank machen und nicht Alvin. »Glaub an kein übersinnliches Wesen, glaub an die Menschen um dich herum und daran, dass sie dich wieder gesund machen können. Das können sie, ich bin mir sicher!«

Alvin nickt und Emma kommt wieder zur Tür rein. Sie hat zwei Tassen Kaffee in der Hand, obwohl ich keinen wollte. »Ich störe euch nur ungern, aber Doktor Hakkansson kommt gleich nochmal, Schatz. Sixten kann ja solange draußen warten. Was muss, das muss!«

»Schon gut.« Ich ziehe den Manga, den ich gekauft habe, aus dem Rucksack und lege ihn zu den Comics. »Ich muss sowieso zur Arbeit. Aber ich komme morgen wieder, wenn du möchtest. Dann sagst du mir, wie du *Detektiv Conan* findest.«

Alvin nickt und bedankt sich. Emma geht nochmal mit mir vor die Tür. »Danke, dass du gekommen bist.«

»Schon gut.«

»Alvin hängt wirklich an dir. Du warst ihm die ganze Zeit über ein wirklich guter Freund – wie ein großer Bruder.«

Sie muss jetzt nicht sentimental werden. Mir wäre eine kurze Floskel zum Abschied lieber.

»Ich weiß nicht, wie ich dir für alles, was du für uns getan hast, danken soll. Geht es dir gut? Brauchst du was? Geld oder …«

»Ich brauche nichts. Und du musst dich nicht bedanken. Ich mag Alvin, sonst würde ich nicht kommen.«

Dieses Gespräch führen wir zum zehnten Mal. Das erste Mal war kurz nachdem wir uns kennengelernt haben.

Vor zwei Jahren war Alvin mit seiner Klasse in der Schwimmhalle und wäre beinahe abgesoffen. Ich habe ihn rausgezogen und irgendwie wieder zum Atmen gebracht. Emma war damals so dankbar, dass sie mich am liebsten mit Geld überschüttet hätte. Sie hat viel davon. Ihre Familie ist reich, aber für das, was ich gemacht habe, Geld zu nehmen, hätte die einzig gute Tat in meinem Leben zu etwas Geschäftlichem gemacht. Außerdem bin ich einer der wenigen, ganz speziell dämlichen Idioten, die nicht materialistisch sind.

»Wir sehen uns nicht zum letzten Mal! Du musst nicht so tun, als wäre das hier ein Abschied. Du bist doch sonst nicht so pessimistisch.«

Sie bekommt glasige Augen. Ich halte es nicht aus, jemanden weinen zu sehen, schon gar nicht Emma – sie weint sonst nie, oder heimlich.

»Ja, ja, wir sehen uns noch! Wiedersehen macht Freude!«

Ich bin ihr dankbar für diesen komischen Satz. Wäre ich weniger emotional verkrüppelt, würde ich sie in den Arm nehmen, aber ich kann nicht.

Als ich mich umdrehe und den Gang entlanggehe, läuft mir Jonas über den Weg. Er nickt mir zu und ich kann seine Gedanken lesen.

»Du vögelst meine Frau, aber ich kann dich nicht umbringen, weil du meinem Sohn das Leben gerettet hast. «

Zum Glück habe ich Emma nicht umarmt, sonst gäbe es jetzt eine Szene.

Der Mann am Getränkeautomat heult nicht mehr, er hat sich auf einen Plastikstuhl gesetzt und schluchzt nur noch.

Ich verlasse dieses Gebäude gerne, den ganzen Komplex. Wenn ich an der Bushaltestelle stehe, kann ich wieder anfangen, mich über mein Leben zu beklagen, weil ich verdränge, dass es Leute gibt, die viel schlimmer dran sind.

Nils schickt eine SMS. Es tut ihm leid, was er gestern gesagt hat. Ich weiß nicht mehr genau, was es war, nur dass er immer viel zu schnell einknickt. Er wäre besser dran, wenn er zumindest jemanden wie mir Dinge nachtragen könnte.

4

Abschied als Selbstgeißelung

Ich arbeite und dröhne mich abends zu. Irgendwann ist es wieder Freitag und ich sitze bei Doktor Mattson. Meine Laune war nie schlechter und der diplomierte Psychologe zu meiner Rechten ist feinfühlig genug, um das zu bemerken. Vielleicht ist ihm meine aggressive Art ein Indiz.

»Zum dritten Mal: Ich muss heute pünktlich hier raus, also stellen Sie mir keine bescheuerten Fragen, die Sie sich dann in einem Dreißig-Minuten-Monolog selbst beantworten!«

Er seufzt. Es ist mir egal, ob er mich für rückfällig hält, in zehn Minuten stehe ich auf und gehe.

»Sixten. Wenn du mir nicht sagst, was schiefgelaufen ist, kann ich dir nicht helfen.«

»Ich will Ihre Hilfe nicht! Ich bin hier, weil ich muss!«

»Sieh das doch als Chance. Irgendetwas ist passiert und du versteckst deine Wut und deine Enttäuschung hinter dieser unnahbaren Fassade und Rauschmitteln. Du hattest einen Rückfall, das ist in Ordnung, aber erzähl mir, warum.«

Für einen Rückfall müsste ich irgendwann mal aufgehört haben. Ich habe nur mein Konsumverhalten verändert, weil es notwendig war. Das kann ich gerade so für mich behalten.

Am liebsten würde ich ihm sagen, dass ich keinen Bock habe aufzuhören und er mich wegschließen muss, wenn er will, dass ich die Finger von Drogen lasse. Ich kann den Mund halten.

»Hat es etwas mit einer Frau zu tun? Hast du Liebeskummer?«

Mein Lachen klingt wahnsinnig, vielleicht weil ich das bin – Doktor Mattson ist der Profi, er muss das einschätzen. »Ja, ich habe eine Prostituierte kennengelernt, die sich vielleicht in mich verliebt hat. Aber ich habe keine Zeit, sie anzurufen, weil ich ständig high bin.«

Was ich gesagt habe, gibt rein gar nichts darüber preis, warum ich tatsächlich in dieser Stimmung bin, aber vielleicht kommen wir so schneller zu einem unblutigen Ende.

Seine Augen fangen wieder an zu zucken. Anscheinend war mein Statement nicht ganz so förderlich für mich, wie ich vermutet hatte. Eigentlich war es schwachsinnig, das zu sagen, und ich bekomme auch gleich die Rechnung für diesen Gefühlsausbruch.

»Vielleicht solltest du zweimal die Woche zu mir kommen. In deinem Leben scheint gerade viel zu passieren.«

Ich würde mir am liebsten selbst auf die Schulter klopfen und mich sarkastisch angrinsen. Hätte ich noch Platz für diese Emotion, würde ich mich jetzt hassen. »Na schön! Aber ich muss los!«

Es spielt eigentlich keine Rolle, was Doktor Mattson denkt oder wie oft ich noch wiederkommen muss. Ich will nur diesen beschissenen Tag hinter mich bringen, was danach kommt, kann ich mir nicht ansatzweise vorstellen.

»Bleib stark, Sixten! Ich glaube an dich!«

Ich könnte kotzen, nicht nur wegen dem schwachsinnigen Motivationsgebrabbel, sondern weil ich mich so elend fühle.

Auf dem Nachhauseweg rauche ich einen Joint. Jeder, der Drogen mitten am Tag auf dem Gehsteig konsumiert, ist ein Vollidiot, aber ich hoffe insgeheim darauf, dass sie mich festnehmen und ich die nächsten zwölf Stunden in einer Gefängniszelle verbringe.

Niemand nimmt mich fest. Ich komme zu Hause an und will lethargisch werden.

Eigentlich könnte ich mich hinlegen und meinen schwarzen Gedanken erlauben, mich aufzufressen. Niemanden würde es stören, nur mich, weil es einen besseren Weg gibt, mich zu geißeln, als hier alleine in Depressionen zu versinken.

Ich suche mein schwarzes Hemd und stelle beim Finden fest, dass es zerknittert ist.

Der Dampf des Bügeleisens fühlt sich seltsam auf meiner kalten Haut an. Ich habe immer kalte Wangen und Hände, vielleicht bin ich ein Vampir oder längst tot.

Ich kann Anzughosen nicht leiden, also trage ich ein dunkelblaues Paar Jeans. Niemand wird mich deshalb schief ansehen, weil mich niemand sehen wird. Sie werden alle auf den Sarg starren und weinen.

So viele heulende Menschen, die Abschied nehmen wollen, und ich irgendwo im Hintergrund. Ich hasse das: Abschiede, Tränen, Beerdigungen und trotzdem mache ich mich auf den Weg. So, als ob ich an den ganzen ›Seelen fahren in den Himmel‹-Mist glauben würde, beschleunige ich meine Schritte, um nicht zu spät zu kommen. Mich treibt mein Gewissen – dieses bissige, eigensinnige Ding in mir, das ich gerne herausreißen und massakrieren möchte.

Ich war nicht da, als Alvin gestorben ist. Ich habe ihn nicht mehr gesehen, nachdem ich versprochen hatte, am nächsten Tag wiederzukommen. Es ging ihm zu schlecht. Es gab Sterbebegleitung, psychologische Betreuung und einen Priester.

Emma hat mir gesagt, dass nur die engste Verwandtschaft da war und ich das Privileg genießen soll, Alvin nicht sterbend in Erinnerung zu behalten. Das hat sie wirklich so gesagt und ich habe geschwiegen und genickt – am Telefon – so lange, bis sie aufgelegt hat.

Die SMS mit dem Termin für die Beisetzung kam vor vier Tagen. Seitdem weiß ich, dass ich mir das antun werde. Selbstgeißelung ist absolut mein Ding.

Bei der Beerdigung meiner Großmutter habe ich in der ersten Reihe gestanden, wie ein Zombie. Zwei Stunden: Predigt, Nachruf, Fürbitten, Gebete und am Ende blieb ein Häufchen Asche. Die versammelte Kirchengemeinde hat damals Abschied genommen. Leute, deren Weltanschauung und Alltag sich um etwas drehen, das für mich ein Hirngespinst ist. Jeder Einzelne hat mir damals sein Beileid ausgesprochen und jeder Zweite hat mir versichert, dass Gott mir beistehen würde. Er ist aber nie bei mir vorbeigekommen oder hat angerufen. Nicht mal zu einer Kondolenzkarte konnte er sich durchringen – dieser Gott.

Meine Großmutter hat achtzehn Jahre lang versucht, mir einzureden, dass es jemanden gibt, der das Meer teilen kann, ein Paradies erschaffen hat und unzählige Engel befehligt. Trotzdem hat er keinen Bock, sich um den Hunger in der Welt oder freilaufende

Schwerverbrecher zu kümmern – ab und an brennt er aber einen Dornenbusch nieder.

Ich bin schon als Atheist auf die Welt gekommen, denke ich.

Der Friedhof ist voller Menschen. Es sind bestimmt über hundert. Wenn ein Kind stirbt, kommen sie alle. Familie, Schulfreunde, Lehrer, Ärzte – und dieser seltsame Kerl, der den Jungen mal aus dem Schwimmbecken gezogen hat.

Ich bleibe ganz hinten stehen, irgendwo zwischen den Trauerweiden, die so übertrieben perfekt zum Bild dieses Friedhofs passen.

Es ist ein grauer Tag, windig und irgendwie zu kalt für die Jahreszeit. Beerdigungswetter durch und durch. Man bekommt den Eindruck, die Sonne würde nie wieder durch die Wolkendecke brechen.

Irgendwo spielen Geigen. Der melancholische Klang wird erst durch das viele Schluchzen schwer zu ertragen. Manchmal verliert jemand die Fassung. Vielleicht ist es Emma, die immer wieder so laut ›Nein‹ ruft. Die Floskeln sind ihr vermutlich ausgegangen und sie hat keine Lust mehr, sich zusammenzureißen.

Ich stehe zu weit hinten, um alles mitzubekommen. Das Einzige, was ich gut höre, ist mein vorwurfsvoller innerer Monolog, und das Einzige, was ich sehe, sind viele schwarze Rücken.

Ich bleibe stehen, bis die Ersten verschwinden, dann drehe ich um und gehe den Hügel hoch. Von hier oben kann ich einen kurzen Blick auf den Sarg werfen. Emma ist davor in die Knie gesunken und vergräbt ihr Gesicht in den Händen. Ich erkenne sie, weil ihre Haare diesen unverkennbar intensiven Dunkelrotton haben. Jonas steht neben ihr und macht das, was er am besten kann –

emotionslos wirken. Der Sarg ist aus hellem Holz und wird gerade hinuntergelassen. Es gibt noch keinen Grabstein.

Am Ende des Erdlochs steht ein Priester, der seine Bibel umklammert. Das Buch in seinen Händen sagt ihm, dass der Tod erst der Anfang ist. Ich sage, wenn man tot ist, ist man tot, nichts weiter.

Hinter dem Geistlichen hockt eine dunkelgraue Katze. Niemand scheucht sie weg, weil alle damit beschäftigt sind, Emma davon abzuhalten, auch in das Grab zu springen.

Mein Herz verkrampft sich und mir wird flau im Magen.

Jetzt reicht es.

Ich will nicht mehr hinsehen und ich will nichts mehr fühlen, sonst werden meine Gedanken zu schwarz. Der Tod zieht zu viele Kreise in meinem Kopf. Langsam verliert er die hässliche Fratze und wird ansehnlich. Bevor ich mich mit dem Anblick anfreunde, gehe ich.

5

Sehnsucht nach Stille

Das bläuliche Licht tanzt an den weißen Fliesen.

Die Reflexion der kleinen Wellen könnte einem Drogentrip entsprungen sein – vielleicht tut sie das auch.

Die Schwimmhalle ist dunkel und leer. Nur die Spots im Becken sind an.

Natürlich ist nachts geschlossen, aber ich habe einen Schlüssel und keine Lust, nach Hause zu gehen.

Ich liege auf dem Ein-Meter-Brett und sehe zur Seite. Die Wand zu meiner Linken brennt – blaue, flackernde Flammen, die vor sich hinlodern. Mir ist trotzdem kalt.

Die Flasche Zimt Whisky hat mich nicht aufgewärmt und das ganze Gras hat sich mit dem Kokain in die Haare bekommen.

Eigentlich trinke ich nicht, während ich meinem Körper Drogen-Cocktails zumute, aber eigentlich stirbt auch kein Zehnjähriger, den ich kenne.

Nach der Beerdigung meiner Großmutter gab es eine Woche nur Beruhigungstabletten und Kokain. Die Wechselwirkungen waren so abschreckend, dass ich die Tabletten schnell aufgegeben habe. Feuer oder Eis, irgendwann muss man sich entscheiden.

Ich hatte schon immer eine Affinität zu Rauschmitteln, nicht erst seit ich mitbekommen habe, dass alle tot sind, die sich um mich gekümmert haben. Mein Konsumverhalten passt sich aber meiner momentanen Gefühlslage an. Je lauter das Leben und das Schicksal über mich lachen, umso größer wird der Drang in mir, der Realität den Rücken zuzukehren. Dass diese Bastarde so gerne mit mir Scherze treiben, dafür kann ich wohl nichts.

Das Feuer an der Wand wird heller und ich will mich aufraffen, weil es blendet. Das Sprungbrett beugt sich unter mir. Ich muss mich festhalten, um nicht hinunterzufallen. Irgendwie klettere ich hinunter.

In meinem Kopf hallt es unangenehm, so als wäre er vollkommen leer. Die Frequenz meines Herzschlags ist zu hoch. Es stolpert oft, schlägt dann aber doch weiter. Wenn es stehenbleiben würde, wäre alles um mich herum still.

Fasziniert von dem hellblauen Schimmer des Wassers, gehe ich am Beckenrand entlang. Da drin ist es auch still, bin ich mir sicher. Die Oberfläche ist nicht glatt, sondern voller kleiner Wellen.

Ich weiß, dass das Becken zwei Meter zwanzig tief ist, trotzdem bilde ich mir ein, dass es keinen Boden gibt. Es würde für immer nach unten gehen, langsam tiefer und tiefer, um einen herum nur Stille. Das Schicksal könnte mich am Arsch lecken, weil es dort, wo es still ist, nicht sadistisch sein kann.

Ich springe nicht, ich mache nur einen Schritt nach vorne. Das Wasser ist nicht so warm wie in meiner Vorstellung. In meinen Ohren rauscht es, als mein Kopf unter der Oberfläche verschwindet. Still ist es auch nicht.

Die Kleidung an meinem Körper wird schwer und zieht mich nach unten. So saufen viele ungeübte Schwimmer ab – ich bin keiner von ihnen, Wasser ist mein Element, es macht mir keine Angst, mein stolperndes Herz schon. Es setzt einen ganzen Schlag lang aus und ich glaube, ich sterbe.

Als es wieder anfängt zu schlagen, tut es das hart und nicht ohne zu schmerzen. Ich werde panisch und die Luft geht mir aus. Eigentlich will ich auftauchen, aber ich stoße nur gegen den Boden oder den Beckenrand, weil ich die Orientierung verloren habe.

Vielleicht sollte ich aufhören, panisch zu sein, und diese Müdigkeit zulassen, die in mir hochkommen will. Als ich die Augen schließe, wird es tatsächlich stiller und weniger schmerzhaft. Das Krampfen in meiner Brust klingt ab. Mir wird alles egal.

In dem Moment, in dem ich begreife, dass sich so Sterben anfühlt, reiße ich die Augen wieder auf.

Da sind zwei leuchtend grüne Punkte, irgendwo zwischen den blauen Flammen. Ich schwimme auf sie zu und kann endlich wieder Luft holen.

6

Todsünder

Mein Bewusstsein wird lange vor meinem Körper wach. Ich kann mich weder rühren noch die Augen öffnen, aber ich fühle, dass es mir unglaublich dreckig geht.

Ich weiß nicht, was am schlimmsten ist: der Schwindel, die Kopfschmerzen, die Übelkeit oder die Tatsache, dass ich keine Ahnung habe, wo ich bin und was mit mir passiert ist.

Mir wird so elend, dass ich glaube, mich übergeben zu müssen. Ich drehe mich irgendwie vom Rücken auf die Seite, nicht ohne ein Stöhnen von mir zu geben, das sich nach dem sterbenden Ungeheuer von Loch Ness anhört.

Zuerst wundere ich mich, dass ich nicht schon erstickt bin, dann, dass ich doch nicht kotzen muss.

Meine Hand tastet kurz den Untergrund ab – weich, eine Matratze. Zumindest liege ich nicht in der Gosse.

Ich öffne die Augen einen kleinen Spalt.

Es ist nicht hell, sondern düster, trotzdem schmerzen meine Augen, als hätte jemand feinen Sand unter meine Lider geschüttet.

Nessie stirbt wieder, während ich versuche, mich aufzurichten.

Ich schaffe es nicht, meine linke Hand fällt nur nach unten und landet in etwas Feuchtem. Ich kriege die Augen nicht auf, also kann ich nicht nachsehen, was es ist. Blut, Kotze oder Kamillentee, ich weiß nicht.

Vielleicht habe ich gestern ein Bein verloren. Jemand könnte auch eine Gehirnoperation an mir vorgenommen haben – das würde zumindest meinen Zustand ansatzweise erklären.

Ich stöhne wieder, weil die Übelkeit schlimmer wird, vielleicht wegen der Absurditäten, die ich mir bildlich vorstelle.

»Halt an dich, erbärmlicher Idiot!« Die Stimme lässt mich die Augen doch nochmal aufschlagen.

Eine Frauenstimme, aber ich sehe keine Frau in den zehn Sekunden, in denen ich es schaffe, mich umzusehen.

Ich stelle fest, dass ich zu Hause bin und in meinem Bett liege.

Was aus meinem Mund kommt, nachdem ich mir den Unterarm über die tränenden Augen gelegt habe, soll »Scheiße« heißen, klingt aber wieder nur wie Nessies Grölen.

Ich kann mich nicht mehr erinnern, eine Frau mit nach Hause genommen zu haben. Das Letzte, das ich vor mir sehe, ist Doktor Mattsons Praxis.

»Wann gedenkst du wieder zu Bewusstsein zu kommen?« Sie klingt genervt und jung.

Hoffentlich ist sie volljährig, aber ich kann mir sowieso nicht vorstellen, dass ich in den letzten zehn Stunden zu irgendwelchen sexuellen Handlungen fähig war.

»Geh …!«, stöhne ich heiser, für den Fall, dass ich sie vielleicht entführt habe und weil ich sowieso nicht in der Lage bin, mich zu unterhalten.

»Du hast mir gar nichts zu befehlen! Dein abgehungerter Körper und deine befleckte Seele gehören mir!«

Ich bin mir sicher, dass einer von uns noch auf einem Trip ist – sie oder ich.

»Was ist passiert?« Dass ich das herausbekomme, wundert mich selbst.

Im Glauben, dass es mir plötzlich besser geht, versuche ich wieder aufzustehen. Ich schaffe es, den Oberkörper anzuheben und die Beine aus dem Bett zu bekommen. Der ganze Boden ist nass, genau wie meine Hose.

Mir wird heiß und kalt zur selben Zeit. Ich bin mir sicher, dass ich jeden Moment ohnmächtig werde, aber ihre Stimme lässt meinen Körper vergessen, dass mein Kreislauf gerade versagen will.

»Du bist dumm, nicht? Ein dummer Mensch mit schwarzer Seele!«

Ich habe keine Ahnung, was sie genommen hat, aber ich hoffe, ich habe es ihr nicht nachgemacht. Auf Psycho-Trips habe ich keine Lust, meine körperliche Verfassung ist schon schlimm genug.

Neben dem Bett steht eine Flasche Wasser. Alles in mir schreit danach, sie auszutrinken. Meine Hand zittert so stark, dass ich mich vollschütte, was egal ist, denn auch mein Hemd ist schon nass.

Die Flasche landet auf dem Boden und ich kann mich endlich nach meiner psychopatisch-charmanten Eroberung umsehen.

Die Fensterläden sind geschlossen, so wie immer. Zwischen den schmalen Spalten dringt Licht durch – es muss Tag sein.

Mein Zimmer ist nicht groß und niemand außer mir ist hier. Sie muss gegangen sein.

Ich will mich nach hinten auf mein Bett fallen lassen.

»Wenn du dich wieder hinlegst, kratze ich dir die Augen aus!«

Es ist weniger, was sie gesagt hat, als dass sie überhaupt etwas gesagt hat. Mein Verstand scheint noch nicht annähernd so gut zu funktionieren, wie ich angenommen hatte. Ich sehe mich nochmals um, versuche herauszufinden, aus welcher Richtung diese helle, klare Stimme kommt, die so diabolisch Drohungen ausspricht.

Nach dem zweiten Anlauf schaffe ich es aufzustehen und wanke los in Richtung Fenster. Beim Öffnen gehe ich etwas zu brachial vor. Der Fensterladen knallt gegen die Außenfassade.

Das Tageslicht brennt auf meiner Netzhaut. Ich bin gerade blind und werde höchstwahrscheinlich wie ein Vampir in der Sonne zerbröseln.

»Hör auf zu weinen und sieh mich an! Ich stelle mich nur noch einmal vor!«

Sie steht entweder direkt neben mir oder ich habe von der ganzen Kokserei einen Schlaganfall bekommen – längst überfällig.

Meine Augen tränen noch zu stark, als dass ich die Silhouette der Stehlampe von der eines Menschen unterscheiden könnte.

»Gib mir noch fünf Sekunden …«

»Forderungen zu stellen kannst du dir abgewöhnen! Genau wie das Weinen!«

Anscheinend bin ich gestern noch in die Nervenheilanstalt eingebrochen und habe dort eine verschlossene Tür geöffnet.

Wütend und durchaus neugierig wische ich mir die Augen trocken. Ich blinzle ein paar Mal, bis die Fichten draußen vor dem Fenster wieder Konturen bekommen.

Als ich meinen Kopf zur Seite drehe, hockt dort nur eine Katze auf dem Schreibtisch. Sie muss wieder aus dem Zimmer gerannt sein, denn ich bin alleine.

»Wo steckst du?! Und ist das dein Vieh?!«

Ich hoffe, dass sie nicht noch mehr Haustiere im Schlepptau hat, aber ein Tier-Tick ist besser als ein Schusswaffen-Tick, kommt mir gerade.

»Sieh mich an!«

Das Zusammenzucken tut meinem Körper nicht gut. Mir wird wieder schwindelig, während ich an die Wand hinter der Katze starre. Ich bin mir sicher, dass sie gleich neben mir steht, ihre Stimme ist so nah, so klar – vielleicht steckt sie in der Wand.

»Zu dumm, um mit den einfachsten Anweisungen zurechtzukommen! Deine Züchtigung wird Jahre dauern!«

Ich trete einen Schritt zurück und fasse mir an den Kopf. Die Theorie mit dem Schlaganfall hat auf einmal jeden Witz verloren, sie macht mir Angst. Mit meinem Hirn stimmt irgendetwas nicht, denn ich glaube, dass die graue Katze mit mir gesprochen hat. Im besten Fall bin ich gerade high.

»Mein Name ist Layla, aber du nennst mich Meisterin! Ich komme aus einer anderen Ebene, von der du gelernt hast, dass sie Hölle heißt. Das macht mich zu einem Dämon, aber dieses Wort wurde von euch Menschen mit so vielen hässlichen Attributen belegt, dass kaum jemand mehr so genannt werden möchte. Deine Seele gehört mir und ich werde dir in den nächsten Tagen Gehorsam beibringen, also knie nieder und sag mir, wie nutzlos du bist!«

Irgendwo in meinem Gedächtnis klingelt es. Ich beginne mich an gestern zu erinnern – bruchstückhaft. Sie hat das schon mal zu mir gesagt – die Katze – auf der Straße.

»Du warst bei mir ... schon gestern. Was ist passiert?«

Jetzt rede ich tatsächlich mit einem Tier, das behauptet, aus der Hölle zu kommen. Ich glaube nicht mal an die Hölle, aber ich bin ein nasser Junkie mit einem Blackout und einem Gerinnsel im Hirn – was weiß ich schon.

»Du bist ein schwacher, selbstzerstörerischer Vertreter deiner Art! Damit muss Schluss sein! Ich kann dich nicht verkaufen, wenn du ein körperliches Wrack bist!«

Ich lehne mich gegen die Wand hinter mir und kneife die Augen zusammen. Vielleicht gehen die Wahnvorstellungen dann weg.

»Knie nieder! Gestern hast du das noch geschafft!«

»Ja. Weil ich mich übergeben musste«, blaffe ich zurück, weil ich mich an das Kotzen in der Seitengasse erinnere.

Vielleicht sollte ich Doktor Mattson anrufen und ihm sagen, dass ich übergeschnappt bin. Oder ich suche einen Neurologen auf und bitte ihn, meinen Kopf zu röntgen.

»Finde dich mit deinem Schicksal ab. Widerstand hat keinen Sinn. Du bist ein Todsünder!«

Ich reiße die Augen auf. »Ich hab doch keinen umgebracht, o-der?!«

Mein Herz fängt an zu hämmern. Mir fehlt noch immer der Großteil meiner Erinnerungen an gestern. Kurz glaube ich, dass ich selbst schon tot bin, dann wird mir klar, dass Tote bestimmt nicht solche Kopfschmerzen haben.

Die graue Katze lacht. Ein bizarres Bild. Ihre Augen sind grün und seltsam menschlich. »Amüsant, dass ihr in einer Welt lebt, von deren Regeln ihr keine Ahnung habt! Das habt ihr euch selbst zuzuschreiben! Kleine Spielfiguren, die irgendwann mal beschlossen haben, dem Regelwerk keine Beachtung mehr zu schenken, und sich dann darüber wundern, warum sie vom Spielbrett genommen werden!«

Ich erinnere mich wieder an Alvins Beerdigung und daran, dass ich in der Schwimmhalle war.

»Mord ist die einzige Sünde, die ihr noch als solche erkennt«, fährt sie fort. »Und der Grund dafür ist nur der, dass ihr den Tod fürchtet! Ihr habt Angst, nicht mehr wie Ameisen herumlaufen zu können. Euer Körper ist euch wichtig, aber was mit eurer Seele passiert, interessiert euch zu Lebzeiten nicht. Hauptsache, ihr könnt euch dreihundertfünfundsechzig Tage im Jahr besaufen, beschweren und bespringen! Ob eure Seele nach dem Tod ins Paradies kommt oder des Teufels Bettvorleger wird, interessiert euch nicht. Selbst schuld!«

Ich streife mir das nasse Hemd vom Körper, während ich versuche, dem Gerede der Katze zu folgen. Mein Verstand sträubt sich dagegen, das hier als real anzuerkennen.

»Soll heißen, ich habe niemanden umgebracht!«, fasse ich zusammen und raufe mir die Haare.

Ich habe keine Ahnung, was ich machen soll. Vielleicht sollte ich mich hinlegen und hoffen, dass der Trip vorbeigeht. Vielleicht sollte ich auch einen Exorzisten anrufen, in die Kirche gehen oder einfach eine Pizza bestellen. Mein Magen knurrt und zieht sich vor Hunger schmerzhaft zusammen.

Fürs Erste entscheide ich mich dafür, die nassen Sachen auszuziehen, um nicht mehr zu frieren. Das ist logisch, dazu kann ich mich selbst überreden.

»Was tust du da?!« Wenn sie wütend wird, klingt sie viel mehr nach einer Katze – sie faucht.

»Umziehen«, antworte ich tonlos und greife mir trockene Sachen aus dem Kleiderschrank.

»Du ziehst dich nur aus, wenn ich dir sage, dass du dich ausziehen sollst!«

»Zu spät, bin schon nackt.« Ich werfe meine Jeans auf sie. Dass das vielleicht nicht schlau war, fällt mir zu spät ein. Ich sehe nur mehr einen angespannten Katzenschwanz.

Ihre Stimme klingt dumpf, aber wütend. »Du wagst es! Ich werde dich aufschlitzen! An die Aasfresser verfüttern!«

Während sie mir droht, ziehe ich mich an.

»An den sadistischsten Dämon, den ich finden kann, verkaufe ich dich! Dummer, einfältiger …«

Ich ziehe die Hose wieder von ihr runter. Sie hatte sich mit den Krallen in den Fäden der Taschenbeutel verhakt.

Als sie wieder frei ist, zeigt sie mir sofort ihre kleinen, spitzen Zähne. »Hast du eigentlich den Hauch einer Ahnung, was ich dir alles antun könnte?!«

Ich lege den Kopf schief. »Nein. Ich weiß nicht mal, ob ich high bin.«

Weil mir noch immer irgendwie schwindelig ist, setze ich mich auf den Drehstuhl vor dem Schreibtisch.

Sie wird wieder ruhiger, ihre Nackenhaare glätten sich, den diabolischen Blick behält sie aber bei.

»Nochmal von vorne …«, verlange ich.

Katzen können seufzen – zumindest Dämonenkatzen. »Sag mir bitte, dass dein Verstand einfach nur benebelt ist und diese Einfältigkeit kein Dauerzustand ist.«

»Doch, ich bin von Natur aus ein wenig dämlich und wahrscheinlich unzurechnungsfähig. Ich rede hier mit einem Dämon und glaube nicht mal an den Teufel.«

»Ja, du bist ignorant, so wie die meisten Menschen!«

»Und Ignoranz ist eine Sünde?« Ich ziehe eine Augenbraue in die Höhe. »Haben alle ignoranten Menschen Katzen als Haustiere, die Todesdrohungen aussprechen?«

»Nein! Menschen, die im Laufe ihres Lebens vom Glauben abfallen, gibt es wie Sand am Meer. Fast alle bekennen sich im letzten Moment zu Gott. Wenn sie gerade sterben, sind sie feinfühliger, ihre Augen offener für das große Ganze. Die Idioten, die es bis zum Ende nicht schaffen einzusehen, dass die menschliche Rasse nicht der Nabel des Universums ist, kommen in die Hölle!«

Ich seufze, aber sie redet weiter, bevor ich erneut nachfrage. »Du willst wissen, was dich zum Todsünder gemacht hat?« Das Nicken spare ich mir, sie spielt nur mit mir – will es theatralisch machen. »Der Sünder, der das Blut an seinen Händen nicht sehen kann! Vergnüglich!«

»Spuckst du es jetzt aus oder muss ich dich in die Waschmaschine stecken?«

Ihr amüsierter Blick weicht wieder diesem finsteren Ausdruck. Sie steht auf und setzt langsam eine Pfote vor die andere. »Drohst du mir?! Hast du den Hauch einer Ahnung, was das für Konsequenzen für dich haben könnte?«

Ich schüttle langsam den Kopf. Ich weiß es wirklich nicht. Ich weiß nicht, ob ich weiterleben kann oder sterben werde, oder was ich getan habe. Eigentlich sollte ich panisch werden, aber meine gesamte Weltanschauung wird gerade über den Haufen geworfen – ich bin überfordert und verkatert und ich habe Hunger.

»Gott wacht nicht länger über deine erbärmliche Seele!«, höhnt sie. »Er sieht dich nicht mehr! Solange du ein Todsünder bist, würdest du nach deinem Tod in die Hölle kommen!« Der Konjunktiv verrät mir, dass sie Anderes mit mir vorhat. »Todsünder sind wie Freiwild! Ich habe deine schmutzige Seele leuchten sehen und jetzt gehört sie mir! Ich erhebe Anspruch auf deinen abgenutzten Körper und den ganzen lächerlichen Rest!«

Sie neigt dazu, endlos zu reden und dabei keine wirkliche Antwort zu geben.

»Und was passiert jetzt mit mir?«

»Ich verkaufe dich an einen Seelensammler! Er kommt in vier Tagen. Bis dahin wirst du Gehorsam lernen. Und dich besser anziehen. Das Klientel, das sich für menschliche Sklaven interessiert, bevorzugt hübsche Todsünder. Du siehst aus wie ein Obdachloser.«

»Das nennt man Grunge.«

Ja, ich habe nur gehört, dass ihr meine Optik missfällt, alles andere hat mein Verstand ausgeklammert, weil er es als unmöglich abstempelt.

»Nein, das nennt man ungepflegt! Der Grunge hat sich Ende der 90er eine Schrotflinte in den Mund gesteckt. Lass ihn ruhen!«

Ich stehe auf und mache ein paar Schritte – ziellos. »Was, wenn ich da nicht mitspiele? Wenn ich kein Sklave für irgendjemanden sein will?«

Sie lässt ihren Schwanz langsam hin und hergleiten – wie die fette, weiße Nachbarskatze, kurz bevor sie sich auf eine Maus stürzt. »Hast du verstanden, dass du ein Gottloser bist?! Für dich gibt es nur zwei Wege, die du einschlagen kannst: Du tötest dich selbst und kommst ohne Möglichkeit auf Vergebung in die Hölle, dorthin wo dich endlose Qualen und das personifizierte Böse erwarten, oder du wählst das geringere Übel, dienst einem Dämon und behältst deinen Körper und dein Leben! Du würdest hier auf dieser Welt bleiben können!«

Ich lehne mich gegen den Kleiderschrank, für den Fall, dass mir wieder schwindelig wird. »Das heißt, hier laufen Dämonen herum, die Sklaven brauchen? Sind die auch Katzen?«

»Nein.«

»Wieso bist du eine?«

»Das geht dich nichts an!« Sie faucht. Es kommt mir so vor, als hätte ich einen Nerv bei ihr getroffen.

»Was springt für dich dabei heraus? Du bist doch nur so etwas wie ein Hehler, wenn ich dich richtig verstanden habe.«

Sie sieht so überrascht aus, wie eine Katze aussehen kann. Gedanklich befördert sie mich gerade von ›dumm‹ zu ›dämlich‹. Wütend wird sie trotzdem. »Kümmere dich um deine Probleme, nicht um meine! Du stellst zu viele Fragen für einen Sklaven! Und du bist noch immer nicht auf die Knie gefallen! Füg dich deinem Schicksal!«

Ich überhöre das wiedereinsetzende Dominanzgehabe und gönne mir ein paar Sekunden, um nachzudenken.

Wenn alles, was ich immer für unwirklich gehalten habe, wirklich ist, dann bin ich wohl ein hoffnungsloser Idiot und Gott ein desinteressierter Buschverbrenner.

Während ich versuche, mit diesem neuen Weltbild klarzukommen, gibt sie noch ein paar Drohungen zum Besten. »Wenn du dich nicht kooperativ zeigst, kratze ich dir die Augen aus! Hörst du mir zu?!«

Ich brauche noch ein paar Sekunden, um nachzudenken.

»Hey! Idiot! Sieh mich an!« Sie springt vom Tisch – ich sehe nicht hin, aber ich höre ihre leisen Schritte. »Tu, was ich sage, Sünder!«

»Bevor ich irgendetwas tue, will ich wissen, was ich getan habe.«

Ihre grünen Augen leuchten, während sie zu mir aufsieht. Sie hat sich vor mich gestellt, diese kleine, graue Hehler-Dämonenkatze. »Apostasie.« Sie grinst.

Ich schüttle den Kopf. »Du hast gesagt, nicht zu glauben macht Menschen nicht zum Todsünder! Und meine Sünde ist trotzdem der Glaubensabfall?«

Jetzt ist sie verwundert, weil ich die Bedeutung des Wortes ›Apostasie‹ überhaupt kenne. Als sie sich wieder fängt, höre ich sie kurz und leise lachen. »Nein, es ist keine Todsünde, ein ignoranter Narr zu sein! Aber es ist eine, einem kleinen Jungen am Sterbebett seinen Glauben zu nehmen!«

Ich will etwas sagen, aber mir bleiben die Worte im Hals stecken. Das hier muss eine Wahnvorstellung sein, ein Alptraum oder eine Koma-Fantasie. »Heißt das ... Alvins Seele ist in der ...«

»Hölle?«, vervollständigt sie meinen Satz, weil es ihr zu lange dauert, bis ich zu Ende stottere. »Solche Entscheidungen werden in oberster Instanz getroffen.«

»Das bedeutet, du weißt es nicht?!«

Mir wird übel. Ich bin schon immer ein engstirniger, sturer, unumgänglicher Bastard gewesen, aber dass dadurch jemand zu so großem Schaden kommt, ist nicht tragbar.

»Wenn er sich während des Sterbens doch noch zu Gott bekannt hat, dann ist seine Seele bestimmt rein. Was deine Todsünde aber nicht minder schwer macht! Du hast ihm seinen Glauben ausgeredet – wenn er ihn doch noch wiedergefunden hat, war es nicht dein Verdienst!«

Ihr erster Satz hat sanft geklungen, die restlichen bissig.

Alvin muss im Himmel sein – ich hoffe es, ich wünsche es mir, ich flehe gedanklich regelrecht darum.

Als mir auffällt, dass ich gerade am Beten bin, stoße ich mich von der Wand ab. Er ist bestimmt im Himmel – es geht ihm gut, besser als mir – zu Recht.

Ich raufe mir die Haare und laufe aus dem Zimmer.

»Hey! Warte! Du kannst vor deinem Schicksal nicht davonlaufen!«

Ich will nicht flüchten – vor etwas wegzulaufen, das man in sich trägt, macht wenig Sinn.

»Bleib stehen oder …!« Ihr fällt scheinbar keine Drohung ein.

Als ich in das helle Zimmer laufe und die Tür hinter mir zudonnere, knallt sie dagegen.

Jetzt ist sie wirklich wütend, aber ich höre mir ihre Fluchtiraden nicht an – keine Zeit.

Eigentlich meide ich dieses Zimmer. Es erinnert mich daran, dass es früher mal jemanden gegeben hat, dem ich nicht egal war, und jetzt nicht mehr.

Die Wände sind voller Bilder. Fotos und Gemälde auf hellbrauner Raufasertapete – ich habe hier drin nichts verändert. Für mich gehört der Raum noch immer ihr. Der Frau, die mich großgezogen, mit dem Putzlappen verhauen und mich morgens auf die Wange geküsst hat.

Ich denke darüber nach, ob sie auch im Himmel ist, und muss schmunzeln. Keine Seele der Welt hätte das Paradies mehr verdient als die meiner Großmutter. Wer sein Leben lang so begeistert von Gott erzählt, muss da oben einen Platz als Chefsekretärin abgegriffen haben.

Wahrscheinlich verhaut sie Jesus gerade mit dem Putzlappen, weil er seine Schmutzwäsche unters Bett statt in den Wäschekorb geworfen hat.

Ich fühle mich noch immer irre. Wie ein Junkie mit Wahnvorstellungen, der versucht, seine Finger in das magisch leuchtende Loch zu stecken, das sich am nächsten Tag als Steckdose entpuppt. Mir ist aber klar, dass ich mir das hier nicht einbilde, weil ich zugedröhnt bin. Immer wenn ich high bin, denke ich über den Tod nach, über das Sterben und darüber, dass das Leben furchtbar ist. Jetzt, wenn ich sterben oder mein Leben wegwerfen soll, will ich es nicht.

Ich habe keine Lust, mich verkaufen zu lassen, ein Sklave zu sein oder in die Hölle zu fahren – so schlimm ist mein Leben wohl doch nicht. Ich bin nur ein undankbares Arschloch, das gerne mit schwarzer Farbe Sinnfragen an die Wand schmiert, weil es sich selbst bemitleidet.

Wenn ich aus dieser beschissenen Situation rauskomme, ändere ich mein Leben und meine Einstellung – der typische Satz, wenn man mit dem Rücken zur Wand steht und um eine zweite Chance fleht.

Das Kratzen an der Holztür klingt, als wäre da draußen ein Waschbär auf Speed.

Ich finde das Buch, nach dem ich gesucht habe, und lese ein paar Zeilen, während im Flur Marylin-Manson-Texte zitiert werden.

»Ich werde dein schlimmster Alptraum sein, wenn du nicht sofort diese Tür öffnest! Du fährst in die Hölle! Ich lasse dich dort skalpieren, vierteilen und verbrennen – in dieser Reihenfolge!«

Als ich wirklich aufmache, ist sie im ersten Moment perplex – sie sieht etwas zerzaust aus.

»Du bekommst nicht mal eine unverschlossene Holztür auf? Die fette Nachbarskatze schafft das und die ist kein Dämon, soviel ich weiß.«

Sie springt mir an den Oberschenkel und krallt sich dort fest. Obwohl ich Jeans trage, bohren sich ihre Krallen in meine Haut.

»Lass los! Mistvieh!« Ich packe sie am Genick und schleudere sie an die gegenüberliegende Wand. Sie findet kurz Halt an der Raufasertapete, fällt dann aber doch hinter das Sofa.

Zuerst glaube ich, dass ich sie umgebracht habe, dann höre ich sie niesen.

Sie kommt hinter dem Sofa hervor und bringt ein paar Wollmäuse mit, die an ihrem Fell kleben.

»Ich will sofort ein Argument hören, warum ich dir nicht einfach das Fell über die Ohren ziehen soll!«, knurre ich. »Außer eine große Klappe scheinst du nicht viel Dämonenpower mitgebracht zu haben!«

Sie schüttelt sich und faucht, als ich näherkommen will. »Ich könnte dich mit dem kleinen Finger töten, wenn mein richtiger Körper hier wäre!«

»Anscheinend ist er das aber nicht.«

»Nein! Aber du entkommst deinem Schicksal trotzdem nicht! Der Seelensammler weiß von dir! Er wird am vierten Tag kommen, ob ich hier bin oder nicht! Meine Existenz ändert an deinem Sünderdasein nichts!«

Sie verstummt ganz plötzlich, weil ihr aufgefallen ist, dass das, was sie gesagt hat, nicht gut für sie ist. Diese großen, überraschten Katzenaugen schreien zum Himmel, dass sie so etwas zum ersten Mal macht und gerade bemerkt, dass sie schlecht darin ist.

»Ich werde ...!«

»Blabla! Lassen wir das, ja?«

Sie macht einen Buckel, als ich näherkomme und das dicke Buch, das ich in der Hand habe, hochhebe. In ihren Augen spiegelt sich Angst, weil sie weiß, dass ich sie damit erschlagen könnte.

»Absolution«, sage ich und neige das Buch von links nach rechts, ehe ich es wieder sinken lasse.

Sie sieht aus wie eine Manga-Katze. Ihre Augen werden überdimensional groß und ihre Ohren neigen sich nach hinten.

»Die sakramentale Lossprechung von Sünden. Das sagt dir doch was, oder?« Ich mache ziellos ein paar Schritte und beginne vorzulesen. »Wem ihr die Sünden vergebt, dem sind sie vergeben – viertes Buch, Evangelium nach Johannes.«

Sie hockt noch immer in der Ecke und starrt mich mit zurückgelegten Ohren an.

»Wenn es Todsünden tatsächlich gibt, gibt es auch einen Weg, sie loszuwerden, nicht?«, frage ich. »Du hast vorhin gemeint, wenn Menschen sich im Sterben zu Gott bekehren, wird ihnen vergeben. Das ist Absolution, oder?«

Es dauert, bis sie die Schockstarre los wird.

Sie muss anscheinend erst verarbeiten, dass ich sie nicht erschlagen habe, und dann, dass ich nicht so dämlich bin, wie ich aussehe.

»Willst du dich selbst umbringen, um während des Sterbens beichten zu können?«, will sie wissen. »Das wird nicht funktionieren! Für Selbstmörder gelten andere Regeln! Und um eines natürlichen Todes zu sterben, hast du nicht mal vier Tage Zeit! Du bist zwar abgefuckt, aber das dürfte selbst dein armseliger Körper durchhalten! Wenn dich der Seelensammler hat, kannst du kein heiliges Sakrament mehr nützen!«

Ihre Einwände klingen kleinlaut. Sie verschweigt mir etwas und ich denke, ich weiß was.

»Ich habe nicht vor, mich umzubringen. Absolution wird nicht nur Sterbenden erteilt, das ergibt doch keinen Sinn.«

»Da hast du recht«, gibt sie zu und hat mit einem Mal wieder genügend Selbstbewusstsein, um aufzustehen und sich den Rest Staub vom Fell zu schütteln.

»Aber was weiß jemand wie du schon über Sakramente?!«

»Nichts – außer das, was mir meine Großmutter erzählt hat. Sie war eine geschwätzige Frau. Ich habe wirklich versucht, ihr nicht zuzuhören, aber wenn dich jemand jahrelang während des Essens mit Bibelversen zutextet, bleibt das eine oder andere hängen.«

»Deine Großmutter scheint eine gute Seele gewesen zu sein – du bleibst aber ein räudiger Todsünder! Daran wird sich nichts ändern!«

Ich zucke mit den Schultern. »Einen Versuch ist es wert! Soviel ich verstanden habe, habe ich nichts zu verlieren – tiefer kann ich mich nicht mehr in die Scheiße setzen.«

»Schön formuliert, du Idiot!«

»Danke.«

Sie läuft mir nach, als ich aus dem Zimmer gehe und meine Jacke hole. Ich setze mir eine schwarze Mütze auf, weil meine Haare noch feucht sind – ich will mir draußen schließlich nicht den Tod holen.

Als ich die Haustür hinter mir schließe, hockt meine neue Freundin noch auf der anderen Seite, weil sie respektvollen Abstand gehalten hat – aus Angst, ich könnte sie mit der schweren Holztür zerquetschen wollen.

Ich mache ein paar Schritte und drehe dann um. Als ich die Tür wieder aufmache, schreckt sie zurück.

»Na, komm schon«, brumme ich.

Sie erwidert nichts, tapst nur los.

Draußen ist es wirklich kalt und es nieselt. Meine Nase läuft und ich würde mich elend fühlen, wenn ich auf meinen Körper hören würde.

»Hast du eingesehen, dass du auf mich angewiesen bist?«, tönt es plötzlich von links unten.

Es ist niemand in der Nähe, der sie hören könnte – vielleicht kann sowieso nur ich sie hören.

»Ja, ich brauche dich«, antworte ich.

Sie lacht einmal kurz triumphierend. Gleich wird ihre Stimmung aber kippen.

»Aber nicht aus den Gründen, die du glaubst«, fahre ich fort. »Die Sache mit dem Sklaven und der Meisterin kannst du abhaken! Ich bin kein devoter Typ.«

Das Murren aus ihrer Kehle klingt beleidigt, trotzdem sieht sie neugierig zu mir hoch.

»Du bist zwar eine schlechte Seelenhehlerin«, sage ich. »Aber du hast Ahnung von den Regeln, nach denen dieses Spiel gespielt wird, nicht?«

»Natürlich! Aber wenn du glaubst, dass ich dir helfe, dich von deinen Sünden reinzuwaschen, nur weil du mich nicht umgebracht hast, hast du dich geschnitten!«

»Schon gut. Wenn du mir die eine oder andere Frage beantwortest, reicht mir das – den Rest mache ich alleine.«

»Arroganter Mensch! Als wärst du dazu in der Lage!«

»Wenn ich es nicht bin, sei froh.«

Sie bleibt kurz stehen und läuft dann wieder los. Mit so wenig Widerstand hat sie nicht gerechnet.

»Wenn dieser Seelensammler auftaucht und ich dann noch ein Sünder bin, bekommst du doch irgendetwas. Was auch immer ...«

Es dauert ein paar Sekunden, bis sie antwortet – scheinbar muss sie nachdenken.

»Du bist ein Idiot, wenn du denkst, dass du irgendeinen Nutzen daraus ziehst, nett zu mir zu sein!«

Ich muss lachen. »Nett«, wiederhole ich, als wäre es ein Fremdwort. »Ich bin nur pragmatisch.«

»Wenn du mich irgendwie hinters Licht führen willst, dann ...!«

Sie traut mir nicht, obwohl sie eigentlich die Böse in diesem Drama ist – oder aber ich bin es, schließlich bin ich der Todsünder.

»Keine Angst, ich bin zu dämlich, um hinterlistig zu sein, wie du ja schon festgestellt hast.«

»Das stimmt. Dann bist du armselig. Glaub nicht, dass ich dich bemitleiden werde!«

Ich bleibe stehen und sehe zu ihr runter. »Ein mitleidiger Blick und du kommst doch in die Waschmaschine!«

Mitleid war mir schon immer zuwider, vor allem wenn ich mir den Sumpf aus Dreck, in dem ich stecke, selbst zusammengeschaufelt habe.

»Wohin läufst du eigentlich?«, fragt sie.

Ich will antworten, aber der Bus fährt gerade an der Haltestelle ein und ich renne los.

Der Fahrer sieht mich und hält die Tür offen. Gerade als ich einsteigen will, beginnt er komische Geräusche von sich zu geben.

»Kusch!« Er gestikuliert dabei wild und sieht nach unten. Als ich seinem Blick folge, verstehe ich, warum er den Hampelmann macht.

»Schon gut, das ist meine Katze.«

Er wirkt so schockiert, als hätte ich ihm erzählt, dass sie ein Dämon ist. »Keine Haustiere! Außer in Transportbox. Oder Maulkorb!«

Ich lege den Kopf schief. »Ach, und könnten Sie mir sagen, wo ich einen Maulkorb für meine Katze bekomme?« Sie Idiot!, hätte ich beinahe gesagt, aber ich bin gerade dabei, ein besserer Mensch zu werden.

»Raus hier! Keine Tiere!«

Ich frage mich, ob er auch einen vollständigen Satz bilden könnte, wenn er wollte, dann steige ich wieder aus.

Ich setze mich auf die nasse Holzbank und vergrabe die Hände in den Hosentaschen.

»Ihr Menschen seid Idioten! Klammert euch an die engstirnigsten Regeln, die ihr finden könnt, aber vor dem großen Ganzen verschließt ihr die Augen.« Sie hat sich unter die Bank gesetzt, um vor dem Regen geschützt zu sein.

»Das Problem ist, dass du ein zerrupftes Fellknäuel bist!«

»Das Problem ist, dass du ein erwachsener Mann ohne Auto bist!«

»Ja, ich bin ein Versager in seltsamen Klamotten – das Thema hatten wir schon!«

Während sie mir vorhält, dass dieser Ausflug sowieso sinnlos ist, und im nächsten Atemzug doch wissen will, wohin es geht, schweift mein Blick hinüber auf die andere Straßenseite. Ich beginne in meiner Hosentasche zu kramen, finde aber kein Bargeld. Die Pizza muss vorerst warten.

Seufzend schließe ich die Augen und fühle in mich hinein. Wenn ich nicht bald etwas esse, kollabiere ich und erschlage dabei wahrscheinlich mein neues Haustier – dann sind wir beide hinüber und diese Geschichte ist vorbei.

»Sprich endlich! Oder hast du verlernt, wie das geht?!« Sie wird schnell ungehalten, wenn man ihr etwas verheimlicht. Das kommt mir gelegen.

»Erzähl du mir, was du für meine Seele bekommst, und ich erzähle dir, wohin wir fahren.«

Ihr Knurren klingt nur dann bedrohlich, wenn man sie dabei nicht ansieht. Diese grünen Kulleraugen und das zerzauste Fell schreien nach Kuscheltier und nicht nach Dämon.

»Was bringt es dir, zu wissen, was mein Lohn ist? Stell lieber Fragen über das Sakrament, nach dem du suchst! Dummkopf …«

Ich schmunzle. »Ich bin nur neugierig. Und wir hatten abgemacht, dass ich das alleine hinbekomme. Mir reicht es vorerst zu wissen, dass ich eine Chance habe.«

Außerdem glaube ich nicht, dass sie mir etwas Hilfreiches verraten würde.

Sie sieht mich so lange prüfend an, dass ich mir sicher bin, dass sie mein Gesicht ab jetzt aus dem Gedächtnis zeichnen kann. »Ich kann in diese Welt kommen – als ich. Ohne diesen schwächlichen, notdürftigen Tierkörper.«

»Das könnt ihr also nicht einfach so.«

»Nein. Die Dämonen, die hier leben, haben sich dieses Recht alle irgendwie …«

»Erschlichen?«, vervollständige ich ihren Satz. »Das klingt nämlich so, als wäre das nicht wirklich legal.«

Sie faucht mal wieder. »Du hast nicht über mich zu urteilen! Wer von uns beiden ist der Todsünder?! Im Gegensatz zu dir bin ich nur ein Taschendieb, der versucht, sein Leben erträglich zu machen!«

Ihr letzter Satz ist ihr peinlich, das sehe ich ihr an.

Ich hake trotzdem nach. »Das Leben als Dämon in der Hölle scheint dir nicht wirklich zuzusagen. Deshalb die Hehlerei-Sache.«

Sie sieht mich nicht an, blickt stur geradeaus in den Regen. »Was weißt du schon …«, murmelt sie.

»Nichts, wie wir schon mehrmals festgestellt haben.«

Wir schweigen, damit wir uns in Gedanken beide selbst bemitleiden können.

Als ich den Bus an der Kreuzung halten sehe, stehe ich auf. »Komm her!«

Sie weicht zurück, anstatt meiner Anweisung zu folgen.

»Der Bus ist gleich hier und ich will diesmal einsteigen!«, erkläre ich und gehe in die Knie. »Komm her.«

Ich greife nach ihr und rechne damit, dass sie mich beißt oder kratzt, aber sie lässt sich murrend hochheben.

»Was hast du vor?!« Sie weiß mittlerweile, dass ich sie nicht umbringen will, skeptisch ist sie trotzdem.

Ich ziehe den Reißverschluss meiner Jacke hinunter und drücke sie gegen meine Brust. »Verhalt dich ruhig – kratz mich nicht – und pinkle mich nicht voll!«

Während ich den Reißverschluss wieder nach oben ziehe, beschwert sie sich. »Als könnte ich nicht an mich halten! Ich bin doch nicht gestört!«

»Klappe.« Ich drücke ihren Kopf nach unten und ziehe die Jacke ganz zu. Der Busfahrer beachtet mich nicht mal, als ich einsteige. Ich gehe nach hinten und setze mich in die letzte Reihe. Vorne sitzen nur ein Rentnerehepaar und ein junges Mädchen mit teuren Kopfhörern.

Mir fällt auf, dass das Fellknäuel zittert. Ihr muss kalt sein, weil sie nass ist – mir geht es genauso.

Sie bleibt tatsächlich brav. Ihr kleiner, haariger Körper wirkt wie ein Heizkissen. Wir frieren irgendwann beide nicht mehr.

Ich ziehe den Reißverschluss ein Stück nach unten und sie reckt ihren Kopf nach draußen. Hier hinten kann uns niemand sehen und hören auch nicht, wenn ich flüstere. Sie sieht mich schon wieder so durchdringend an.

»Wenn du dich in mich verknallst, haben wir ein Problem.«

»Schwachsinn! Bastard!«, faucht sie so laut, dass sich das alte Ehepaar nach uns umdreht.

Sie sehen nur mich, einen Irren, der mit Frauenstimme vor sich hin flucht.

Als sie mir ihre Krallen in die Brust drückt, muss ich mir auf die Zunge beißen, um nicht laut zu werden.

»Reiß dich zusammen! Sonst fliegst du aus dem fahrenden Bus!«, drohe ich mit geschlossenen Zähnen.

»Unterstell mir noch einmal, dass ich dich mag, und ich kratze dir das Herz aus der Brust!« Sie ist jetzt leiser, aber unruhiger. Ihre Pfoten bewegen sich unter meiner Jacke. Sie versteht eindeutig keinen Spaß.

»Keine Angst, du bist äußerlich sowieso nicht mein Fall«, erkläre ich schief grinsend.

Seltsamerweise reagiert sie empört. »Es gibt Hunderte von Dämonen, die sich die Finger nach mir lecken!«

»Das klingt pervers. Sodomie ist in der Hölle anscheinend schwer angesagt.«

»Ich sehe normalerweise aus wie ein Mensch, du Narr! Hast du mir vorhin zugehört?!«

Irgendwie macht es Spaß, sie zu reizen. Ich habe anscheinend vergessen, dass mich ewige Sklaverei oder die Hölle erwarten.

Als der Bus hält und ich aufspringe, fällt sie mir beinahe runter. Sie krallt sich an meinem T-Shirt fest, aber ihr Schwanz hängt trotzdem aus meiner Jacke. Das junge Mädchen sieht mir beim Aussteigen zu und mustert mich, als wäre ich ein Alien. Dabei bin ich nur ein Typ mit einem Dämon unter der Jacke.

Nachdem ich mich umgesehen habe, kann ich sie wieder rauslassen. Sie stößt sich von mir ab, macht ein paar Schritte und starrt dabei auf die Kirche, vor der wir stehen.

»Riesen Ding, was?«, bemerke ich.

Das gotische Monstrum hat immer so etwas wie Unbehagen in mir hervorgerufen – schon als Kind. Jetzt stehe ich davor und frage mich, ob mich ein göttlicher Blitz trifft oder ich in Flammen aufgehe, wenn ich die Türklinke berühre.

»Vielleicht solltest du draußen warten, während ich meine Prinzipien über Bord werfe«, schlage ich vor.

Sie setzt sich auch wirklich hin und grinst mich an – kein gutes Zeichen.

»Viel Glück«, haucht sie und ich sehe hoch in den Himmel, um sicherzugehen, dass sich dort kein Gewitter zusammenbraut oder jemand schon mit einem goldenen Pfeil auf mich zielt.

7

Beichte, mein Sohn!

Ich war nie gerne hier. Meine Großmutter hat mich mitgeschleppt, bis ich vierzehn war – jeden Sonntag. Irgendwann habe ich laut genug rebelliert, um mir diesen Gang zu ersparen. Ich habe ihr ins Gesicht gesagt, dass ich an all das nicht glaube, weil mir ansonsten nicht so viel Scheiß passiert wäre. Sie hat geweint, nicht vor mir, in ihrem Zimmer, die ganze Nacht. Danach musste ich nicht mehr mitkommen, aber sie hat nie aufgegeben, mich vom Gegenteil überzeugen zu wollen.

Ich beginne mich zu fragen, ob sie jetzt schmunzelt. Einem ignoranten, sturen Bock wie mir muss man mit der Realität, die er nicht sehen will, auf die Nase hauen – fest.

Aus Angst um meine Seele und mein Leben stehe ich nun hier und krieche zu Kreuze.

Meine Hände zittern, als ich die Klinke nach unten drücke – zum Teil, weil ich unterzuckert bin.

Es trifft mich kein Pfeil, kein Blitz und unter mir tut sich auch kein großes Loch auf, das mich verschluckt.

In der Kirche ist es kalt und die hohen Wände wecken diese seltsame Angst vor großen Räumen in mir, die ich in den letzten Jahren entwickelt habe. Agoraphobie nennt es Doktor Mattson – ich nenne es nervtötend. Es geht mir sowieso schon miserabel, auch ohne Psychosen.

Konzentriert atmend schreite ich auf das heroisch wirkende Kreuz am Ende des Gangs zu.

Es sieht so aus, als wäre niemand außer mir hier.

»Hallo?«

Nur der gekreuzigte Gottessohn sieht mich mit halb geöffneten Augen an. Der Typ hatte es definitiv auch nicht leicht. Vielleicht war er auf Opium.

Eine Tür geht auf und ein großer Mann stiefelt in gebückter Haltung am Altar vorbei. Er trägt eine weiße Robe. Der Pfarrer, den ich kannte, war nur halb so groß, doppelt so schwer, viermal so alt. Wahrscheinlich ist er tot, denn als er die Messe für meine Großmutter gehalten hat, war er schon mehr Mumie als Mensch.

Ich räuspere mich, damit er mich bemerkt. Als er in meine Richtung blickt, kneift er die Augen zusammen. Ganz offensichtlich ist er stark kurzsichtig und überprüft gerade, ob ich Männlein oder Weiblein bin.

»Guten Tag, mein Sohn!«

Richtig, ich bin keine hässliche, zu groß gewachsene Frau.

»Mein Tag ist eher schlecht, deshalb bin ich hier.«

Er nickt und macht eine auffordernde Geste. Meine Beine wollen zuerst nicht – ich muss mich zwingen loszugehen. Alleine hier zu sein ist mir unangenehm, die Vorstellung, auch noch reden zu müssen, lässt mich schaudern.

Ich rede nicht mal mit Nils über den ganzen Mist, den ich baue, und den Scheiß, der mir passiert. Außerdem fühle ich mich wie ein ängstlicher Heuchler. Ich wäre nie und nimmer hergekommen, wenn mich mein neues Haustier nicht davon überzeugt hätte, dass ich eine Seele habe, die auf dem direkten Weg in Richtung Hölle oder Sklavendasein ist.

»Wie kann ich dir helfen, mein Sohn?«

Entweder schlucke ich jetzt diesen dicken, schweren Klumpen, der früher einmal meine egozentrische Weltanschauung war, hinunter oder ich drehe um und gehe zurück zu meiner Meisterin.

»Ich bin hier, um zu beichten.«

Aus dem faltigen, länglichen Gesicht leuchten mir zwei erwartungsvoll aussehende Augen entgegen. »Ich verstehe, mein Sohn.«

Er wirkt so, als würde ihm die ganze Beichtsache Spaß machen. Wahrscheinlich hat es sogar einen gewissen Unterhaltungswert, sich anzuhören, wer gerade seine Frau betrogen oder seine Freunde um Geld geprellt hat. Über meine Geschichte wird er nicht lachen können – oder doch, ich weiß schließlich nicht, wie schwarz sein Humor ist.

Ich folge ihm schweigend und mit gesenktem Kopf. Wenn ich mich schon fühle wie ein geläuterter Verbrecher, kann ich auch wie einer aussehen.

Er öffnet die Tür zum Beichtstuhl und macht eine einladende Geste. Ich soll mich setzen.

Hier drin riecht es nach altem Holz und Brot. Für ein Stück Pizza würde ich jetzt glatt töten – *mein* Humor ist ziemlich schwarz.

»Mein lieber Sohn, du kannst mir nun erzählen, was dein Gewissen so schwer macht. Was du sagst, werde ich streng vertraulich behandeln, nur Gott wird unserem Gespräch lauschen – er hat immer ein offenes Ohr für dich.«

»Soviel ich weiß, kann er mich nicht mehr hören.«

»Gott ist überall, in jedem Stein, in jedem Herzen, er hört dich immer!«

»Die Katze hat etwas anderes erzählt.«

Wieso ich mir diesen dummen Spruch nicht verkneifen konnte, ist mir schleierhaft. Der Priester drückt mir gerade einen ›Durchgeknallt‹-Stempel auf und mir fällt wieder ein, dass ich mich eigentlich zu miserabel fühle, um zu scherzen.

»Ich habe Mist gebaut, richtig großen Mist.«

Er nickt und wartet auf mehr Informationen.

»Ich habe jemandem seinen Glauben genommen, weil ich eigentlich selbst nicht glaube.«

»Aber du glaubst jetzt, mein Sohn, oder?«

»Ja, weil ich etwas gesehen habe, was mir keine andere Wahl gelassen hat!«

»Gott zeigt sich auch verirrten Schäfchen.«

»Den habe ich nicht gesehen – mehr jemanden von der anderen Seite.«

»Was du auch gesehen hast, es hat dich hergeführt – zurück in Gottes Schoß, dort wo dein Platz ist.«

»Er war ein kleiner Junge und jetzt ist er tot …«, sage ich, versunken in diesen schmerzhaften Gedanken, die mich zu Recht quälen.

»Starb er durch deine Hand, mein Sohn?«

Ich sehe ihn verständnislos an, dann fällt mir auf, dass man meinen letzten Satz durchaus so interpretieren kann. »Ich habe ihn nicht getötet! Er hatte Krebs. Ich habe ihm nur seinen Glauben genommen.«

Dieses ›nur‹ hört sich selbst in meinen Ohren falsch an.

Hier drin wird es plötzlich noch unangenehmer, als es ohnehin schon war. Ich kann kaum über Alvin nachdenken, ohne so viel Selbsthass zu entwickeln, dass es locker für eine Panikattacke reichen würde. Außerdem ist mein Blutzuckerspiegel so im Keller, dass ich zittere wie ein Junkie auf Entzug – außerdem bin ich ein Junkie auf Entzug.

»Es tut mir wirklich leid. Ich bereue, was ich getan habe. Ich bereue vieles, aber das besonders.«

»Reue ist wichtig, mein Sohn. Wenn du aufrichtig bereust, wird Gott dir vergeben.«

Ich nicke nur, obwohl ich langsam wahnsinnig werde, weil er jeden Satz mit ›Mein Sohn‹ beendet oder beginnt. Wäre das hier weniger ernst, würde ich ihm sagen, dass ich mir sicher bin, dass er nicht mein Vater ist.

»Du hast gesündigt, weil du Gott verleugnet hast. Dein Herz war verschlossen, aus Groll oder Wut, aber jetzt ist es offen, offen für den Glauben, Gott und die Schönheit dieser Welt.«

Genau das wollte ich auch gerade sagen, also nicke ich.

»Mein Sohn …«

Du bist nicht mein Vater!

»Deine Sünden sind dir vergeben.«

Ich zucke kurz zusammen, weil ich damit rechne, dass etwas passiert.

Es ertönt keine Orgelmusik, keine der dicken, steinernen Putten wird lebendig und tanzt, und ich glühe nicht mal.

»Ehm … danke.« Mehr fällt mir nicht ein.

»Du kannst jederzeit wieder zu mir kommen.«

Als ich aufstehe, wird mir so schwindelig, dass ich kurz nicht mehr weiß, wo oben und unten ist. Das ist kein göttlicher Schwindel der Einsicht oder eine übernatürliche Erfahrung, sondern der letzte Aufschrei meines Körpers, bevor er mir den Dienst verweigert.

Ich laufe nach draußen, ohne mich umzudrehen. Wenn ich mir jetzt nochmal Jesus' vorwurfsvollen, leidenden Blick ansehe, hat die Panikattacke, die an dem zerbrechlichen Konstrukt meiner Psyche rüttelt, endgültig freie Bahn.

Es nieselt noch immer und der Himmel sieht aus wie eine graue, dicke Mauer, die niemand unerlaubt überwinden kann. Das dort oben ist Sperrgebiet. Ich bin mir sicher.

»Na? Fühlst du dich wieder frei und gehört?«

Ich kann jetzt nicht darüber nachdenken, warum ich glaube, dass diese Aktion sinnlos war, und ich habe auch keine Nerven für ihren Sarkasmus.

Der Hunger treibt mich auf die andere Straßenseite. Ich muss essen, um wieder einen klaren Gedanken fassen zu können.

Während ich meine Karte in den Geldautomaten stecke, beginnt es in meinem Kopf zu summen. Wahrscheinlich explodiert er jede Sekunde oder ich bekomme einen Gehirnschlag und wache in der Hölle auf.

»Was wird das? Was machst du jetzt?«

Nachdem ich meine zitternden Hände dazu gebracht habe, das

Geld einzustecken, laufe ich weiter die Straße hinunter.

»Bleib stehen! Alles was du vorhast, ist sinnlos!«

Pizza zu kaufen ist das Gegenteil von sinnlos.

Als ich vor der Verkaufstheke an der Straßenecke stehen bleibe, durchbohrt mich ein besorgter Blick. Die Verkäuferin mustert mich, als wäre ich ein Geist.

»Alles in Ordnung, mein Junge?«

Wieso spricht mich heute jeder so an, als wäre ich ein Kind? Normalerweise bin ich der ›seltsame Typ‹ oder der ›bekiffte Junkie‹, nicht ›mein Sohn‹ oder ›mein Junge‹.

Ich habe weder die Muße noch die Kraft, ihr zu antworten. Ich lege ihr einfach das Geld auf den Tresen und warte.

»Du solltest dich hinlegen, du siehst krank aus.«

Guter Rat kostet mehr als 100 Kronen – dafür bekommt man nur zwei Stück Schinkenpizza und eine Flasche Wasser. Ich lege die Stücke übereinander und beiße hinein. Dass ich mir die Zunge verbrenne, ist egal.

Mein Magen wird warm und hört auf, sich zu verkrampfen, nachdem die ersten paar Bissen bei ihm ankommen. Ich setze ziellos einen Fuß vor den anderen, bis ich eine Bank sehe. Dass ich hier pitschnass werde, macht mir nichts aus.

Ich fühle mich von Sekunde zu Sekunde besser. Der Schwindel verfliegt und das Summen in meinem Kopf verstummt.

Essen und Wasser haben mir noch nie so gut getan. Mir fällt auf, wie schlecht ich meinen Körper in den letzten Monaten behandelt habe. Anscheinend war mir nicht nur egal, was mit meiner Seele passiert.

Ich werfe ein Stück Schinken auf den Boden.

Sie sitzt wieder unter der Bank und hat mittlerweile aufgehört, auf mich einzureden, weil sie keine Antwort bekommen hat.

Langsam, aber sicher kann ich mich wieder der Sache mit meiner Sünde widmen.

»Der Priester hat mir nicht weitergeholfen, oder?«

Ich fühlte mich emotional kein Stück besser. Irgendetwas hätte dieser Schuldfreispruch in mir auslösen müssen, da bin ich mir beinahe sicher.

»Dachtest du, es wäre so einfach?«

Ich zucke kaum merklich mit den Schultern, was sie nicht sehen kann, weil sie unter mir sitzt. Ich starre irgendwo in die Ferne – das entspannt meine Augen.

»Als ob ihr euch gegenseitig von jeder noch so schweren Sünde freisprechen könntet, nur weil ihr den Namen Gottes aussprecht. Menschen!«

Das Wort ›Menschen‹ aus ihrem Mund klingt genauso abwertend wie neiderfüllt.

»Wo soll ich sonst Vergebung suchen?«, knurre ich. »Du hast gemeint, Gott hört mich nicht mehr an. Aber man kann Absolution erlangen, oder? Eine kleine Chance, meine Seele zu retten, mehr will ich nicht.«

Sie schweigt, eine ganze Minute. »Kein Mensch kann dir deine Sünde vergeben.«

»Niemand?«

»Nicht niemand, aber kein Mensch. Absolution auszusprechen ist ein Engelsprivileg. Du brauchst einen Engel.«

Ich kneife die trockenen Augen zusammen. Natürlich zweifle ich nicht mehr an der Existenz von Engeln. Wenn es Dämonen und

Dämonenkatzen gibt, muss es logischerweise auch Engel und Engelshunde geben.

»Lügst du?«

»Nein.«

»Wieso hilfst du mir?«

»Deine lächerlichen Versuche sind unterhaltsamer als der schweigende Zombie, den du die letzte halbe Stunde gemimt hast.«

»Ein Engel also?«

»Ja.«

»Wo kann ich einen finden?«

»Im Himmel.«

Ich sehe hoch auf diese graue Mauer aus Wolken. Daran komme ich nicht vorbei, ich bin mir sicher. »Ich meine hier auf der Erde.«

Sie lacht – kein gutes Zeichen. »Das musst du alleine herausfinden. Ich sehe dir nur dabei zu!«

Ich grinse. »Du klingst wie ein perverser alter Sack. Bist du dir sicher, dass du eine Frau bist, oder verstellst du nur die Stimme?«

Dass diese wahrscheinlich naive Hoffnung wieder in mir wächst, die sie so unterhaltsam findet, kann ich nicht verhindern. Ich fühle mich besser als vorhin, obwohl der Ausflug in die Kirche mir nichts gebracht hat.

Vielleicht bin ich ja auf dem richtigen Weg, und wenn nicht, will ich es gar nicht wissen, weil es mir an Alternativen mangelt.

»Ich bin so sicher eine Frau, wie du ein Idiot bist!«, faucht sie.

»Entschuldige, Kitty.«

Jetzt knurrt sie.

Ich deute mit der Fußspitze auf den Schinken, den ich fallen gelassen habe. »Hast du keinen Hunger?«

»Denkst du wirklich, ich esse etwas, das im Matsch liegt?!«

Ich stecke einen der Ränder der Pizzen, die ich noch in der Hand habe, durch die Holzstreben nach unten. Ein misstrauischer Blick trifft mich, sie sieht mich an, als ob ich sie vergiften wollen würde.

»Wenn du dir meine Show weiter ansehen willst, solltest du etwas essen. Wir werden nach Hause laufen, weil ich blank bin, und wenn du zurückfällst, hast du Pech gehabt.«

Sie denkt noch zwei Sekunden nach, dann hebt sie die Pfote und schlägt die Krallen in das Stück, damit es nicht auf den Boden fällt. Sie isst wirklich wie ein Mensch, der in einer Katze steckt – irgendwie unbeholfen.

Die zweite Kruste werfe ich unter die Tanne, weil darauf eine Krähe sitzt, die neugierig den Kopf neigt – ich mag Vögel.

Als ich aufstehe, arbeitet mein Körper wieder halbwegs zuverlässig. Ein wenig zittrig bin ich noch immer, aber das liegt jetzt nicht mehr an einer Unterzuckerung.

Langsam wird es dämmrig. Ich bin noch nicht lange auf den Beinen, aber es fühlt sich an, als wäre ich seit vierundzwanzig Stunden ununterbrochen unterwegs. Alleine meine Gedanken zu ordnen ist anstrengend, weil ich mich daran hindern muss, in alte Muster zurückzufallen und zu leugnen, dass das hier wirklich mit mir passiert.

»Wieso hast du eigentlich so wenig Geld?«

Zwanzig Minuten lang hat sie geschwiegen, vielleicht weil ständig Menschen an uns vorbeigelaufen sind, die sich gewundert haben, wie dieser seltsame Typ seine Katze so gut abgerichtet hat.

»Weil mein Job nicht viel abwirft.« Das wird ihr als Antwort nicht genügen, da bin ich mir beinahe sicher.

»Du kannst doch selbst wählen, was du tust.«

Ich muss grinsen. Mich beschleicht das Gefühl, dass sie die irdische Arbeitswelt nur aus Erzählungen kennt.

»Ohne vernünftigen Schulabschluss kannst du nur zwischen unterbezahltem Knochenjob oder langweiligem Gelegenheitsjob wählen.«

»Die Dummen bestraft das Leben, das ist auf jeder Ebene so!«

»Klugscheißerin. Wie willst du denn dein Geld verdienen, wenn du erstmal hier bist? Oder kannst du dir welches zaubern?«

Dieser finstere Blick trifft mich wieder, aber ich gewöhne mich langsam daran.

»Ich bin klug, ich komme klar!«

»Ach, echt? Dann solltest du dir aber ein Zeugnis von einer Elite-Uni holen, das dir das bestätigt, sonst nützt dir das nämlich herzlich wenig. Es sei denn, du bist wirklich so heiß, wie du behauptest, dann kannst du einen Haufen Geld machen, wenn du nicht zimperlich bist. Aber nachdem du mich optisch ja schon für einen Obdachlosen hältst …«

»Wieso hast du so eine schlechte Schulbildung?«

Ich war mir sicher, dass sie mich für meinen dummen, sexistischen Spruch anfauchen würde, stattdessen hakt sie nach, warum ich konvex nicht von konkav unterscheiden kann.

»Weil ich mit sechzehn abgebrochen habe.«

»Hm … idiotisch.«

»Naiv trifft es eher. Die Drogen haben den Rest erledigt.«

»Dein Geist ist schwach! So wie bei den meisten Sündern.«

Wenn sie glaubt, dass sie mich damit verletzen oder aus der Reserve locken kann, kann sie mich noch nicht gut einschätzen.

»Ja, das ist wohl der Grund.«

»Und du nimmst einfach so hin, dass du ein Niemand bist?«

Ich zucke mit den Schultern. »Bis jetzt hatte ich keinen Grund, irgendetwas an meinem Lebensstil zu verändern.«

»Obwohl du so ein abgefuckter Versager bist?«

»Ja.«

»Und jetzt? Hast du vor, ein besserer Mensch zu werden, wenn du deine zweite Chance bekommst?«

»Ich denke, ich bin nicht dafür gemacht worden, um sorglos zu sein – das ist nicht mein Ding. Ich will nur irgendwie leben, ohne ein Sklave zu sein, und die Sache mit Alvin wieder geradebiegen.«

Ein Typ mit Aktentasche kreuzt unseren Weg. Sie schweigt, länger als es notwendig wäre.

»Für jemanden, der nie an Gott geglaubt hat, sind deine Anschauungen seltsam.«

Mir wird dieses Gespräch allmählich zu anstrengend. Ich spiele mit dem Gedanken, sie über den Zaun zu werfen, an dem wir gerade entlanggehen – dahinter lebt ein Rottweiler, das weiß ich.

»Ich denke, ich bin nicht dafür gemacht worden …«, zitiert sie mich spöttisch.

Mein Kopf beginnt zu dröhnen und ich mime wieder den schweigsamen Zombie, weil alles andere im Moment zu anstrengend wäre. Der Dämon im Katzenpelz entpuppt sich als redselig und neugierig, wie ein diabolischer, kleiner, weiblicher Nils.

»Es stört dich aber, dass du ein Versager bist! Außerdem hängst du nicht so an deinem Leben, wie du behauptest, ansonsten hättest du nicht versucht, dich …«

Ich reiße die Haustür auf, vor der ich glücklicherweise gerade angekommen bin, und knalle sie hinter mir so fest und schnell zu, dass ich mir sicher bin, dass sie vor Schreck einen zwei Meter hohen Sprung gemacht hat.

Wenn ich jetzt auch noch beginne, darüber nachzudenken, wieso ich versucht habe, mich zu ertränken, muss ich mich zudröhnen, um nicht wahnsinnig zu werden. Ich weiß, was gestern im Schwimmbad passiert ist und dass ich die Nerven verloren habe, aber ich lebe noch und will daran nach Möglichkeit auch nichts mehr ändern.

Der wankelmütige Idiot hat gesprochen.

Ich werfe zwei Kopfschmerztabletten ein und stelle mich unter die Dusche. Mir ist eiskalt und wenn ich morgen nicht mit Fieber im Bett liegen will, muss ich meinen Körper warm bekommen.

Wenn ich mich richtig erinnere, habe ich noch drei Tage Zeit, um einen Engel zu finden. Der Dämon ist mir auch einfach zugelaufen – wie schwer kann es sein, jemanden von der anderen Seite ausfindig zu machen?

Ich ziehe mir wieder etwas über und werfe dabei einen Blick aus dem Fenster. Obwohl es schon dunkel ist, sehe ich das graue Fellknäuel an der Tür kleben. Es schüttelt sie vor Kälte.

Ich will ein Arschloch sein, weil das in meiner Natur liegt und sie nicht wirklich ein armes frierendes Kätzchen, sondern eine Dämonen-Schnepfe ist, die mit Vorliebe mein Leben kritisiert.

Leider bin ich ein dummes Weichei und lasse mich anscheinend gerne fertigmachen.

Als ich die Tür wieder aufmache, legt sie die Ohren zurück und sieht mich an, als würde ich ihr eine Waffe vor die Schnauze halten.

»Wenn du für heute die Klappe hältst, kannst du reinkommen«, sage ich.

Sie funkelt mich so durchdringend an, als müsse sie abschätzen, ob ich ihr das Fell abziehen und mir daraus eine Uschanka basteln möchte.

»Rein oder draußen bleiben!«

Mein Ultimatum zeigt Wirkung, sie läuft ins Haus.

Ich gehe wieder nach oben ins Zimmer meiner Großmutter. Ihr Bücherregal ist voll mit religiöser Lektüre. Ich schnappe mir alles mit dem Wort ›Engel‹ im Titel und trage es in mein Zimmer.

Eigentlich bin ich müde, aber ich habe noch keinen Plan, wo ich morgen hingehen werde, also blättere ich in einem Buch, das behauptet, Engel wären geistähnliche Lichtwesen, die ständig um uns herum schweben. Ich brauche wohl so etwas wie einen modifizierten Staubsauger, um einen zu fangen – *Ghostbusters* gehört zu meinen Lieblingsfilmen.

Bevor mir die Augen zufallen, weil meinem Körper wieder eingefallen ist, dass ich gestern mit ihm Schindluder getrieben habe, greife ich nach unten und stelle den elektrischen Heizstrahler an. Das diabolische Kätzchen hat die ganze Zeit über die Klappe gehalten und das honoriere ich mit warmer Luft.

Sie rollt sich vor dem Gerät zusammen und blinzelt genauso schwer wie ich. Sie sieht niedlich aus, wenn sie sich so klein macht.

Ich will ihr den Kopf kraulen, dann kratzt sie mich und mir fällt wieder ein, dass sie ein Dämon ist.

8

Der Strohhalm

Ich will nicht aufwachen, aber mein Verstand fängt an, sich Absurditäten zusammenzureimen. Aus irgendeinem Grund weiß ich, dass ich träume, aber die Bilder, die ich sehe, wirken trotzdem real.

Ich kann das Lederband um meinem Hals fühlen und komme mir vor wie ein domestiziertes Tier. Sie hält mich an einer Kette.

Jedes Mal, wenn sie daran zieht, rasselt es und mir bleibt die Luft weg. Ich will ihr sagen, dass sie aufhören soll, aber ich kann nicht sprechen, weil sie es verboten hat.

Sie sitzt auf meinem Bett und streckt die langen, schmalen Finger mit den grau lackierten Nägeln nach mir aus. Ich folge ihrer nonverbalen Geste. Brav knie ich mich hin und lege den Kopf auf ihren Oberschenkel, dort wo das dunkelgraue Kleid endet. Es ist hauteng, ihre Hüftknochen zeichnen sich unter dem Stoff ab. Ich glaube, sie duftet nach Lilien, obwohl ich nicht weiß, wie Lilien riechen.

Ich will ihre Haut schmecken und schiebe den lästigen Stoff ein Stück höher.

Sie zieht wieder an der Kette und ich schenke ihr einen flehenden Blick, weil ich so unbedingt machen möchte, was mir gerade eingefallen ist.

Ihre schwarzen, langen Haare umrahmen dieses durch und durch symmetrische Gesicht mit den grünen Augen. Sie legt den Kopf schief und sieht mich wieder mal an, als könne sie nicht einschätzen, was ich mit ihr vorhabe.

»Bitte«, hauche ich atemlos, weil mir das Lederband den Hals zuschnürt.

Ich bin nicht der Typ, der bettelt, aber im Moment würde ich alles sagen, um weitermachen zu dürfen.

Ihre Lippen verziehen sich zu einem Lächeln, das einen schneeweißen, spitzen Eckzahn entblößt, mit dem sie sich auf die Unterlippe beißt.

Ohne ihre Erlaubnis abzuwarten, schiebe ich ihr Kleid weiter hoch. Dass ich kaum noch Luft bekomme, spielt keine Rolle.

»Du bist ein furchtbarer Sklave«, höre ich sie sagen, dann legt sie eines ihrer Beine auf meine Schulter.

Ich kann meine Lippen endlich dort platzieren, wo ich möchte, und höre mir ihr Schnurren an, während ich nach Luft schnappe, um weitermachen zu können.

Dass ich genau jetzt aufwache, bringt mich dazu, dass mein erstes Wort an diesem Morgen »Scheiße« ist. Vielleicht die Überschrift für meinen Tag.

Ich blinzle gegen das Sonnenlicht an und kann nicht verhindern, dass meine Augen tränen.

»Weinst du immer, wenn du eine Erektion hast? Du bist ja noch viel irrer, als ich gedacht habe!«

Ihre Stimme löst nicht annähernd dasselbe Verlangen in mir aus wie vorhin im Traum. Kaum habe ich diesen Gedanken zu Ende gedacht, wird mir warm, weil ich mich wie ein Perverser fühle. Ich schlinge mir die Decke über den Unterkörper und stolpere ins Badezimmer, um ihren vorwurfsvollen Blicken zu entkommen. Jeder normale Mensch hätte von Sünden, Gott, Engeln oder zumindest Kokain geträumt – ich träume von SM-Oralsex mit der menschlichen Version des Dämons, der meine Seele verschachern möchte.

Vielleicht sollte ich einfach anstandslos aus dem Fenster springen und mich selbst damit in die Hölle befördern. Perverse egozentrische Idioten gehören genau dorthin.

Nach einer Dusche kann ich wieder klar denken und mir fällt ein, dass ich größere Probleme habe als meine seltsamen Sexfantasien. Ich bin furchtbar zittrig und wenn ich Pech habe, werde ich in drei Tagen der Sklave von irgendeinem Dämon, der auch auf Oralsex steht.

Gegen das Zittern leere ich eine ganze Flasche pflanzliches Beruhigungsmittel. Das Zeug haut bei Weitem nicht so rein, wie es Tabletten tun würden, aber ich habe kein Geld, um mir etwas anderes zu beschaffen, und um meine Zeit ist es mir auch zu schade.

Ich habe zwar noch immer keine vernünftige Idee, wo ich suchen soll, aber ich weiß, dass ich den Arsch hochbekommen muss. Nichts zu tun und sich den Kopf zu zerbrechen, bringt mich kein Stück weiter, also kommen erst mal die idiotischen Pläne an die Reihe.

»Und? Hast du genug an dir herumgespielt und dich ausgeheult?«

Als ich aus dem Bad komme, sitzt sie vor der Tür und scheint den Mut für bissige Kommentare wiedergefunden zu haben. Wahrscheinlich ist sie jetzt endgültig dahintergekommen, dass ich ihr selbst dann nichts antun könnte, wenn ich wollte – Frauen und Tiere wecken den Pazifisten in mir.

»Ja. Ich habe beim Wixen übrigens an dich gedacht. Du hast doch gesagt, du wärst als Mensch echt scharf.«

Ich kann sie zwar nicht schlagen, aber ich kann sie mit dummen, delikaten Sätzen aus der Fassung bringen, weil mir wieder einfällt, dass ich in Wirklichkeit doch kein Schamgefühl habe.

Sie sieht mich mit großen Augen an und ich bin mir sicher, dass sie unter dem grauen Fell gerade rot wird. »Perverser Idiot!«, faucht sie und folgt mir dann nach unten.

Natürlich will sie wissen, wohin die Reise heute geht, aber ich bleibe ihr die Antwort schuldig.

»Kennst du den Spruch: Neugier ist der Katze Tod?«

Sie knurrt leise.

Eigentlich will ich nur nichts sagen, weil ich weiß, dass ich mir sonst anhören kann, dass ich dumm und verzweifelt bin – das stimmt zwar, aber es auszusprechen ändert auch nichts.

Die Idee zu meinem Ziel ist mir schon gestern gekommen. Nils hatte mal eine kurze Liebelei mit einer vollkommen durchgeknallten Esoterikfanatikerin. Sie hat ständig von Engeln und Lichtenergie geschwafelt und gerne mal einen Joint gezogen. Ich weiß, dass sie in einem Esoterikladen gejobbt hat, weil ich Nils ständig dort absetzen musste. Damals hatte ich noch ein Auto und viel Sarkasmus für ihre idiotische Weltanschauung übrig.

Ja, das ist wirklich mein Plan. Die barfüßige, durchgeknallte Ex-Freundin von Nils ausfindig machen und herausfinden, ob sie wirklich Engel sehen kann oder ob sie nur ein Drogenproblem und eine verkorkste Kindheit hatte. Das ist der Strohhalm, den ich festhalte, mehr habe ich im Moment nicht, außer der pelzige Dämon zu meiner Rechten entscheidet sich doch noch dafür, mir zu helfen. Ich bin mir sicher, dass sie weiß, wo ich einen Engel finden kann, aber für sie steht auch viel auf dem Spiel. Ich kann ihr ihr Schweigen nicht verübeln, schließlich trägt sie an meiner Sünde keine Schuld.

»Wie ist es als Dämon in der Hölle?«, frage ich.

Sie antwortet nicht. Das Thema ist ihr sichtlich unangenehm, aber ich kann penetrant sein.

»Du bist das misstrauischste Wesen, das ich kenne – misstrauischer als ich«, stelle ich fest. »Ich bin zwar kein Psychologe, aber in den meisten Fällen heißt das, dass einem viel Scheiß passiert ist.«

»Selbst wenn es so wäre, geht es dich nichts an! Was weißt ein Mensch schon?! Ihr lebt wie die Maden im Speck! Euch wird Vergebung gewährt, obwohl ihr verwerfliche Leben führt und ignorant seid! Ich wurde als Dämon erschaffen – aus einem Klumpen Dunkelheit – und meine Seele ist so wertlos wie Staub! Für mich gibt es keinen Platz im Himmel und um hier auf Erden leben zu können, muss ich Kopf und Kragen riskieren!«

Ich schmunzle und kann ihre Empörung darüber regelrecht spüren. Am liebsten würde sie jetzt schreien oder heulen, weil ich ihren verbalen Gefühlsausbruch nicht gewürdigt habe. Ich muss schleunigst etwas sagen, sonst läuft sie weg, stopft sich aus Frust mit Schokolade voll und stirbt, weil das Gift für Katzen ist.

»Das klingt unfair«, sage ich und stimme sie damit ein wenig versöhnlicher.

»Allerdings solltest du dir das mit der Theatralik in deinen Vorträgen abgewöhnen. Du klingst wie ein fünfzigjähriger Philosophiestudent, der noch bei seiner Mutter lebt. Mehr fluchen, weniger dramatische Vergleiche, dann könntest du ganz gut hier zurechtkommen.«

Sie blickt auf die Straße, nicht zu mir hoch. Wahrscheinlich denkt sie nach, also lasse ich meine Gedanken auch schweifen. Sie ist als Sünder auf die Welt gekommen, ich habe mich selbst zu einem gemacht. Ich hatte mehr Glück, aber weniger Verstand. Wenn die ganze kosmische Ordnung tatsächlich so willkürlich und ungerecht ist, habe ich gute Chancen auf ein halbwegs schönes Leben – und Alvin schmort in der Hölle.

»Mein Leben war bis jetzt eine Aneinanderreihung von Peinigungen und Verrat ...«

Ich schenke ihr einen vorwurfsvollen Blick und sie formuliert ihren Satz anders. »Mein Leben war verkackter Mist! Besser so?«

Ich nicke. »Viel besser. Warum nicht gleich so?«

»Warum nicht gleich so vulgär?«

»Nein, ehrlich. Die Nummer mit der abgebrühten Dämonenbraut, die du am Anfang durchziehen wolltest, war unnötig. Seltsamerweise bin ich gut darin, Leute einzuschätzen, und seltsamerweise verstehe ich, dass du deine Haut retten willst.«

»Tust du nicht! Sei versichert, dass ich alles – alles! – tun würde, um meinen Körper auf diese Welt zu bekommen! Entweder du oder ich! Einer von uns wird frei sein und der andere leiden! Mach

dir das bewusst, bevor du dir einen Namen für unsere Selbsthilfe-
gruppe ausdenkst und anfängst, Freundschaftsbänder zu basteln!«

Ich lache, weil mir ihre Art, mit Zukunftsängsten umzugehen,
vertraut ist. Wenn dir düstere Tage bevorstehen, nimm dir die
Schwärze daraus und steck sie in deinen Humor.

»Wir könnten uns die ›demoralisierten Kittys‹ nennen.«

Mein Vorschlag erntet nur ein Schnauben. Sie braucht wohl noch
ein paar Tage, um sich an meine Sprechdurchfallanfälle zu gewöh-
nen – vier bleiben uns noch.

»Naiver Idiot …«, murmelt sie kaum hörbar.

Das ist anscheinend ihr Kosename für mich.

»Ich will sehen, wie du als Mensch aussiehst, wir müssen also
beide hier bleiben, zumindest eine Zeitlang.«

Sie starrt mich genauso ungläubig an, wie ich erwartet hatte.
»Kann es sein, dass du wieder Drogen genommen hast? Bist du
high?«

Nein, ich bin nur gut gelaunt, obwohl ich bald meine Seele verlieren werde. Irgendwie glaube ich gerade daran, dass alles gut werden wird. Vielleicht habe ich doch irgendetwas eingeworfen, aber
dann würde ich eher, apathisch vor mich hin wippend, in meinem
Zimmer sitzen und mich dem Pessimismus hingeben.

Ich bin ein geläuterter Todsünder auf der beschissen fröhlichen
Suche nach einem Engel!

»Lass mich ein blauäugiger Idiot sein. Spätestens übermorgen bin
ich wieder der perspektivenlose Zyniker, der in Selbstmitleid er-
trinkt. Dann dröhne ich mich auch wieder zu, versprochen.«

Sie senkt den Kopf und läuft beinahe in den Pfosten einer Stra-
ßenlaterne.

»Wenn ich bis übermorgen Abend keinen Engel gefunden habe, kann ich dir Nils vorstellen. Er hat zwar Angst vor bösen Mädchen, aber wenn du keine zu schnellen Bewegungen machst, hilft er dir bestimmt weiter. Hast du zufällig große Brüste?«

»Was?!«

»Du kennst hier doch niemanden, oder? Bei deiner Einstellung und deiner Art wird es nicht unbedingt einfach, sich Freunde zu machen.«

»Ich brauche deine Hilfe nicht!«, brüllt sie so laut, dass die zwei Kinder auf der anderen Straßenseite stehen bleiben, um uns zu mustern.

Ich beginne auch mich umzuschauen, so als wüsste ich nicht, woher die wütende, dezent bebende Frauenstimme gekommen ist.

Als die Kinder wieder weitergehen, schenke ich ihr vorwurfsvolle Blicke. Sie scheint sich für ihren Gefühlsausbruch zu schämen, zumindest glaube ich das hinter den funkelnden grünen Augen zu erkennen.

»Du bist unsagbar schwer zu ertragen!«, flüstert sie genervt, aber wieder beherrscht.

Ich weiß, wie ich bin. Wankelmütig, launisch, in den falschen Momenten ein Arschloch und in den noch falscheren Momenten ein Optimist. Es ist bestimmt schwer mit mir, aber sie ist auch kompliziert, also ist es in Ordnung.

Ich bleibe vor dem Schaufenster stehen, das ich anders in Erinnerung habe. Früher hingen hier mal hellblaue Vorhänge, glitzernder Plastik-Scheiß und diese Faschingskostüm-Flügel für nuttige Engel. Jetzt steht da ein absurd hässliches Gemälde, das aussieht, als hätte ein Psychopath einen kreativen Schub gehabt. Manche Leute sind der Meinung, dass Kunst schockieren muss, aber das obskure, gewalttätige Szenario ruft mir nur wieder in Erinnerung, wie schlecht diese Welt sein kann. Blutrote Gestalten auf schwarzem Hintergrund, die sich gegenseitig abschlachten, oder besteigen – ich bin mir nicht sicher.

Über dem Schaufenster hängt noch das Schild mit der Aufschrift ›Lichtenergie‹.

Ich mache ein paar Schritte bis zur gläsernen Eingangstür, durch die ich in den Laden sehen kann. Bis auf das hässliche Schaufenster sieht es so aus wie früher. Regale voll mit bunten Steinen, Skulpturen, Fläschchen und Kerzen.

Bevor ich zur Türklinke greife, sehe ich nach unten, weil es mich wundert, dass meine sonst so redselige Kritikerin im Fellkostüm so lange die Klappe gehalten hat.

Sie steht noch vor dem Schaufenster und neigt den Kopf, eine Vorderpfote angewinkelt.

»Stehst du auf solche Bilder? Hängst sowas bei dir zuhause über dem Bett?«

»Was willst du hier?«, fragt sie, fast schon vorsichtig, ohne mich anzusehen.

»Mein Glück versuchen und vielleicht eine Kerze kaufen.«

Ich gehe in den Laden und lasse die Tür hinter mir zufallen.

Hier riecht es, als hätte man einen Regenbogen verbrannt, süßlich und nach nasser Farbe.

Hinter dem Holztresen steht niemand, allerdings bin ich mir sicher, dass Nils' barfüßige Ex-Freundin im Hinterzimmer gerade einen Joint zieht. Sie hat dort immer gekifft und manchmal ist sie dabei eingeschlafen – hat Nils erzählt.

Ich hebe einen der kleinen, weißen Steine hoch, auf dem ein Zettel mit der Aufschrift ›Engelsrufer – 250 Skr‹ klebt.

Wenn mir irgendjemand vor einer Woche weismachen hätte wollen, dass ich heute in einem Esoterikladen darüber nachdenken würde, ob sich ein Stein gleich verhalten kann wie eine Wunderlampe, hätte ich ihm Psychopharmaka empfohlen.

Ich sehe auf, weil ich glaube, durchdringende Blicke im Nacken zu spüren. Darin, einzuschätzen, ob ich angestarrt werde oder nicht, war ich schon immer gut.

Sie ist definitiv nicht Nils' Ex-Freundin. Vor ihr hätte Nils kein Wort herausgebracht, weil sie aussieht wie eines dieser Mädchen, das mit dreizehn von der Schule geflogen ist, weil sie den Biologie-Saal mit ihrer Zigarette in Brand gesteckt hat. Diese stark geschminkten, dunklen Augen schreien Laster und nicht ›Lichtenergie‹.

Sie wäre eigentlich hübsch ohne all die Lederbänder und die spitzen, künstlichen Nägel. So sieht sie aus wie eine aufgedonnerte Fledermaus mit braunen, lockigen Haaren. Zumindest weiß ich jetzt, wer das blutrünstige Gemälde ins Schaufenster gestellt hat.

»Kann ich dir helfen?«

Ich verkneife mir die Frage, ob sie ein Vampir ist oder ob Nils' Ex-Freundin vielleicht aufgeschlitzt im Hinterzimmer liegt. Manchmal mag ich meine blühende Fantasie nicht.

»Vielleicht kannst du das …« Bevor ich meinen Satz beende, drehe ich mich um, weil ich Krallen über Glas kratzen höre.

Sie will, dass ich sie reinlasse, wahrscheinlich weil sie neugierig ist, aber ein böses Mädchen reicht mir vorerst.

»Ich bin auf der Suche nach einem Engel.«

Ich sage das so unverblümt, weil ich mir sicher bin, dass hier schon irrere Leute gestanden und nach absurderen Dingen gefragt haben. Wenn sie mir tatsächlich helfen kann, schockiert sie meine Frage nicht.

Sie ist schockiert. Ihre nachgezogenen Augenbrauen hüpfen zuerst nach oben und treffen sich dann beinahe in der Mitte, weil sie ihren Blick verfinstert.

Sie kommt hinter dem Tresen hervor und mustert mich dabei so argwöhnisch, als hätte ich eine Waffe in der Hand.

»Arbeitest du für Sariel oder für uns?«

Ich verstehe zwar nur Bahnhof, aber mir wird klar, dass ihre schockierte Reaktion nicht auf Unwissenheit beruht hat. Sie weiß etwas und ich verschwinde hier nicht, ehe ich herausgefunden habe, ob es mir nützt.

»Ich arbeite für niemanden«, versichere ich und hebe die Hände vor die Brust, damit sie sehen kann, dass ich darin keine Waffe verstecke. Anscheinend sind alle, die wissen, dass es Himmel und Hölle gibt, misstrauisch ohne Ende.

»Ich bin nur hier, um meine Haut zu retten. Vielleicht kannst du mir weiterhelfen.«

Hilfsbereit sieht sie nicht gerade aus, aber das schreckt mich nicht ab.

»Du bist also auf der Suche nach einem Engel …« Sie klingt wie ein Filmbösewicht, der gerade etwas Diabolisches schlussfolgert. »Und du bist …. ein Mensch?«

Sie kommt noch etwas näher und sieht mir in die Augen. Vielleicht irritiert sie meine Pigmentstörung.

Meine Katze kratzt wieder an der Tür, aber ich kann mich im Moment nicht nach ihr umdrehen, weil ich in einen bizarren Starrwettbewerb verwickelt bin.

»Ja, ich bin ein Mensch.«

»Ein Sünder?«, fragt sie mit lieblicher, leiser Stimme.

Dass man mir das ansehen kann, löst so etwas wie Unbehagen in mir aus. Ich erinnere mich daran, dass mir mein Anhängsel erzählt hat, sie hätte meine schmutzige Seele leuchten sehen.

Spontan kommt mir der Gedanke, dass das Mädchen vor mir auch ein Dämon sein könnte. Ich bin mir plötzlich sogar ziemlich sicher, warum auch immer.

»Kannst du mir helfen oder nicht?«, will ich wissen.

Sie nickt und verzieht die Lippen zu einem Lächeln.

Mir war nicht bewusst, wie greifbar diese anderen Welten tatsächlich sein können. Ein Dämon, der in einem Esoterikladen jobbt. Wenn alles so simpel und real ist, kann es kein Problem werden, einen Engel im nächsten Friseurladen zu finden.

Das Kratzen an der Tür stört meine Gedanken und nervt, also drehe ich mich um, um meine Katze wütend anzufunkeln.

Sie klebt regelrecht an der Scheibe und ruft irgendetwas, aber ich kann sie nicht verstehen, weil draußen gerade ein Lkw vorbeifährt.

Vielleicht ist sie eifersüchtig oder will verhindern, dass ich weiterkomme. Sie hat mir gesagt, dass sie alles! tun würde, um ihren Körper auf diese Welt zu bekommen – damit sie dann wie die geschminkte Fledermaus Traumfänger verkaufen kann. Darauf kann ich im Moment keine Rücksicht nehmen.

Ich drehe mich wieder zu dem Dämon in Menschengestalt um.

Plötzlich ist da dieser dumpfe, intensive Schmerz und ich stolpere nach hinten.

Sie hat mich geschlagen, mit einer silbernen Stange, die ich aus dem Augenwinkel sehe, bevor sie wieder auf mich einschlägt. Sie streift nur meine Schulter, weil ich einen Schritt zur Seite machen kann. Das Regal mit den Kerzen bekommt den Rest des Schlags ab und fällt beinahe in sich zusammen.

Was passiert hier gerade?

Als sie die Metallstange wieder hebt, laufe ich auf sie zu und greife danach.

»Lass los! Gottverlassener Bastard!«, schreit sie.

Ich bin mir sicher, dass sie mich erschlägt, wenn ich loslasse, also umklammere ich die Stange mit der Kraft von jemandem, der weiß, dass sein Schädel Matsch ist, wenn er locker lässt.

Ich kann sie ihr aus der Hand reißen und werfe sie weg – gegen eine der Glasscheiben, die sofort zersplittert.

Sie springt mich an und legt ihre Hände um meinen Hals. Ihre langen Nägel bohren sich in meinen Nacken und ich schreie kurz auf. Sie würgt mich so fest, dass mir bewusst wird, dass ich ohnmächtig werde, wenn ich mich nicht wehre.

Mein Puls rast, mein ganzer Körper ist in Alarmbereitschaft und trotzdem ist da diese Hemmschwelle, die mich daran hindert, auf sie einzuschlagen.

Ich bekomme sie nicht anders von mir los – sie oder ich: Vielleicht ist das die Frage, die über meinem Leben schwebt und sich mir immer wieder stellen wird.

Ich hole aus und treffe sie an der Schläfe. Sie fällt in das Regal mit den Steinen und flucht dabei. Mir läuft Blut den Nacken hinunter und ich bin etwas desorientiert, während ich nach Luft schnappe. Sie rafft sich auf, aber ich habe keine Lust auf eine zweite Runde Mord und Totschlag. Ich will abhauen, stolpere dabei und knalle mit dem Kopf irgendwo dagegen. Wahrscheinlich bin ich kurz weggetreten. Als ich mich wieder hochraffen kann, rechne ich mit einem Schlag auf den Rücken oder einen Tritt gegen den Kopf, weil sie genug Zeit hatte, wieder auf mich loszugehen, aber ich höre sie nur schreien.

Nachdem ich wieder auf den Beinen stehe und mich umdrehe, sehe ich sie am Boden liegen und sich die fauchende Katze vom Gesicht reißen. Der kleine Körper knallt gegen die Wand hinter dem Tresen und bleibt dann regungslos liegen.

Mit blutüberströmtem Gesicht stürmt die Fledermaus wieder auf mich zu, aber die Hemmschwelle in mir ist gerade in die Luft gesprengt worden. Ich tue das, was ich von Anfang an tun hätte sollen – mich wehren. Sie landet in den Überresten des Regals und hält sich die Nase, die mit Sicherheit gebrochen ist.

Ohne wieder Zeit zu verlieren, indem ich über meine eigenen Beine stolpere, laufe ich zum Tresen, schnappe mir mein Rettungskommando und verschwinde dann durch die zerbrochene Glastür nach draußen.

9

Schwarze Federn

Ich höre Sirenen und ziehe mir die Kapuze über den Kopf, weil ich mir wie ein Verbrecher vorkomme.

Meine Beine tragen mich zwei Straßen weiter, so schnell, als wäre ich ein geübter Läufer. Als ich in der dunklen, engen Seitengasse verschwinde, hört das laute Schrillen in meinem Kopf, das wohl die akustische Verkörperung meines Fluchtinstinktes ist, endlich auf und ich kann wieder denken.

Noch während ich mich an die kalte Ziegelsteinmauer drücke und auf die Knie sinke, wird mir bewusst, dass das Fellknäuel in meinem Arm noch atmet und sogar die Augen offen hat.

Ich seufze erleichtert und wische mit der Hand das Blut von meinem Nacken.

»Wieso bist du nicht schon früher weggelaufen!«, wirft sie mir mit heiserer Stimme vor.

Sie muss draußen vor dem Laden geschrien haben – nicht aus Eifersucht, sondern um mir klarzumachen, dass ich ein Idiot bin.

»Ich weiß nicht. Sie ist auch ein Dämon, oder?«

»Ja! Weißt du eigentlich, was Todsünderseelen wert sind?! Jeder Dämon, dem du begegnest, wird dich haben wollen. Du darfst niemandem so leichtfertig vertrauen! Dämonen helfen dir nicht!«

Ich ringe mir ein Schmunzeln ab, obwohl mein Nacken wie Feuer brennt.

»Manche Dämonen helfen mir schon«, sage ich und kraule ihr den Kopf.

Der Blick, den ich daraufhin präsentiert bekomme, glüht vor Wut.

»Ich kann dich nicht vor jedem Dämon auf der Welt beschützen, wenn du herumläufst und jedem erzählst, wer du bist und was du suchst! Außerdem gehörst du mir!«

Ich streichle ihr das zerzauste Fell glatt und unterdrücke das Lächeln, das sich auf meine Lippen legen will, weil mich ihr Feuereifer amüsiert.

»Schon klar …«, flüstere ich.

Sie ist noch immer auf hundertachtzig, deshalb darf ich sie auch ungestraft wie ein Schmusetier streicheln. »Niemand nimmt mir mein Eigentum weg, schon gar keine billige Estira-Schlampe, die sich ihren Platz hier nur erbumst hat!«

»Kanntest du sie?«

Ich finde ein paar Stellen in ihrem Fell, an denen Blut klebt. Die spitzen Nägel haben nicht nur an meinem Nacken Spuren hinterlassen, aber die Wunden sind nicht tief.

»Nein! Aber ich kenne ihren Clan! Das Brandmal an ihrem Unterarm, dieses ›E‹, wird von Estira-Dämonen getragen!«

Mir ist das nicht aufgefallen, ich war zu beschäftigt mit mir selbst, aber ein eingebranntes ›E‹ hätte mich auch auf nichts hingewiesen.

»Mehr Informationen bitte.«

»Die Estira ist eine zwielichtige Vereinigung, die es eigentlich gar nicht geben dürfte. Sie bringen Dämonen hier auf die Erde.«

»Keine Option für dich?«

»Nein! Wenn du dich ihnen anschließt, bleibst du den Rest deines Lebens ein Sklave! Du verbringst dein Dasein hier damit, Drecksarbeit zu machen und ein Sexspielzeug zu sein! Du wirst nie frei oder glücklich sein!«

»Klingt nach dem Leben, das *du* für mich vorgesehen hast.«

Sie legt die Ohren zurück und macht große Augen. Ich weiß nicht, ob sie ihre Geste bewusst mitbekommt – wahrscheinlich nicht. »Du bist ein Todsünder ... du verdienst nichts Anderes.«

Sie schaut auf den Boden, nicht auf mich.

Ich erlöse sie aus ihrer unbehaglichen Starre. »Da hast du recht.«

Als sie sich wieder traut, mir in die Augen zu sehen, verfängt sich ihr finsterer Blick in meinem.

Ich verliere unser Starrduell, weil der Schrei einer Krähe meine Aufmerksamkeit auf das eine Ende der Seitengasse lenkt. Sie springt von meinem Schoß und ich raffe mich auf, weil da auf einmal diese drei Typen stehen, von denen ich glaube, dass sie nicht zufällig die zwei Meter schmale Seitengasse passieren wollen.

»Lauf!«

Ihre Aufforderung ist ein Befehl an meine Beine, die unmittelbar gehorchen und mich binnen Sekunden in den Sprintmodus versetzen.

Verfolgt zu werden ist das beschissenste Gefühl der Welt. Mein Verstand schaltet sich dabei nicht auf Standby, sondern zeigt mir Bilder von Eventualitäten, die mich erwarten könnten, wenn ich zu langsam bin. Ich hasse meine Fantasie!

Ich konnte mir die Typen nicht genau ansehen, aber wenn ich an die ungehemmte Brutalität denke, die die Dämonen-Schnepfe, die mich anscheinend verpfiffen hat, geritten hat, habe ich keine Lust auf eine Schlägerei mit ihren männlichen Artgenossen.

Sie läuft schneller als ich, weil sie eine Katze ist. Ich folge ihr, hetze durch weitere schmale Seitengassen und ramme Mülltonnen, weil wir so schnell die Richtung wechseln. Sie dreht sich immer wieder nach mir um, will sehen, ob ich noch hinter ihr bin, aber der Abstand zwischen uns wird größer, ganz im Gegenteil zu dem zu meinen Verfolgern.

Ich bin alles andere als unsportlich, was ich aber bin, ist ein Junkie auf Entzug, der schneller laufen würde, wenn er gesünder gelebt hätte.

»Schneller! Komm!«

Ihre Worte machen mir nur bewusst, dass mein Körper bald streiken wird.

Sie biegt wieder ab und ich drehe mich um. Die Typen sind auch langsamer geworden – ihnen scheint die Puste auszugehen.

Als ich ihr in die schmale Gasse folgen will, läuft sie mir auf halber Strecke entgegen.

»Sackgasse!«, brüllt sie und veranlasst mich dazu stehenzubleiben.

Meine Lunge schmerzt bei jedem Atemzug, als hätte ich glühende Nadeln eingeatmet.

Es ist zu spät, um umzudrehen, ich würde ihnen nur in die Arme laufen, also schnappe ich mir das Fellknäuel und renne weiter.

»Was tust du?«

Dass sie mir jetzt die Krallen in den Arm schlägt, ist nicht gerade hilfreich.

Am Ende der Straße erstreckt sich eine vier Meter hohe Ziegelsteinmauer, über die ich selbst dann nicht springen könnte, wenn ich fünf Dosen Red Bull getrunken hätte – aber ich kann so hoch werfen.

Das Geräusch von herannahenden Schritten im Ohr, hole ich aus.

»Nicht! Was hast du …?!«

Sie fliegt in so uneleganter Nichtkatzenmanier, dass ich befürchte, dass sie wie ein nasser Sack am Boden aufschlägt und ihre Organe dabei explodieren.

Als sie den höchsten Punkt erreicht hat, dreht sie sich und landet auf dem schmalen Vorsprung am oberen Ende der Mauer – pures Glück, aber wieso sollten wir keines haben.

Ich grinse wie ein Geisteskranker, bis mir bewusst wird, wie nah das Geräusch der Schritte schon ist und was mich erwartet.

Noch während ich mich umdrehe, schlägt mir jemand so hart ins Gesicht, dass ich glaube, mein Kieferknochen zerschellt in tausend Teile. Ich drehe mich wegen der Wucht des Schlages einmal im Kreis und versuche stehen zu bleiben, weil ich mich sonst gleich anketten und abtransportieren lassen kann.

Ohne wirklich zu zielen, schlage ich zu. Ich treffe einen von den drei Typen, die ich bei einer Gegenüberstellung niemals wiedererkennen würde, weil sie Kapuzen und Sonnenbrillen tragen.

Jemand packt mich von hinten an den Schultern und hält mich fest, noch bevor ich nochmals ausholen kann.

Ein Schlag landet in meinem Magen, ein anderer in meinem Gesicht. Es tut weniger weh, als ich vermutet hatte, weil mein Schmerzempfinden sich netterweise von meinem Adrenalin hat ausschalten lassen.

»Gib auf, du dreckiger Bastard!«

Ich schüttle den Kopf, weil ich gelernt habe, mit vollem Mund nicht zu sprechen – es sammelt sich gerade Blut darin. Nachdem ich es dem Arschloch vor mir ins Gesicht gespuckt habe, kann ich loswerden, was mir durch den Kopf geht. »Ihr müsst mich schon töten, um mich mitnehmen zu können!«

Das klingt wahrscheinlich daher gesagt, aber ich meine es so. Ein Leben als Sklave ist keine Option für mich – das war es nie.

Ich kann den Typen vor mir mit einem Tritt zu Fall bringen. Mich loszureißen ist schwerer und gelingt mir nur, weil der Kerl, der mich festhält, plötzlich eine Katze auf dem Kopf sitzen hat, die ihm die Krallen in die Augen schlägt.

Ich habe sie nicht die Mauer hochgeworfen, damit sie jetzt ihr Fell für mich riskiert – das hier ist quasi ein Himmelfahrtskommando, vor allem für ein drei Kilo schweres Tier.

»Verschwinde! Du kannst mir nicht helfen!«, brülle ich, während ich dem dritten Dämon ins Gesicht schlage, bevor er es tun kann.

»Ich helfe dir nicht! Du gehörst mir!«

Dass sie selbst jetzt noch eine Grundsatzdiskussion vom Stapel lässt, sieht ihr ähnlich und macht mir noch deutlicher bewusst, dass ich sie nicht für mich sterben lassen will.

Sie springt vom Kopf des Dämons, dem die Begegnung mit ihr mit Sicherheit das Augenlicht gekostet hat, und läuft auf mich zu. Jetzt muss ich sie beschützen, sonst tritt sie der Typ, der auf uns zuläuft, tot. Ich will ihn aufhalten, aber er reißt mich zu Boden, wo ich mir meine Katze schnappe und sie an meine Brust drücke. Die Tritte, die folgen, hätten sie das Leben gekostet, mich vielleicht auch, aber das käme mir gar nicht unrecht.

»Lass mich los!«, verlangt sie, aber ich halte sie in einer Schraubstockumarmung, der sie erst entkommt, wenn ich ohnmächtig werde und meine Muskeln locker lassen. Dann sind die Typen so sehr damit beschäftigt, abzuschätzen, ob ich noch lebe oder nicht, dass sie abhauen kann.

»Du stirbst, du Idiot!«

Ja, da hat sie recht – ich sterbe und ich bin gespannt, ob es diesmal endlich still um mich herum wird.

Mein ganzer Körper ist angespannt, um die Tritte besser wegstecken zu können, aber nach jedem Treffer werden meine Muskeln schlaffer und der Schmerz größer.

Ich frage mich, ob ich vielleicht doch in den Himmel komme, weil ich versucht habe, ihr Leben zu retten, und das hier eigentlich kein Selbstmord wäre. In Filmen ist das so. Der Sünder begeht eine selbstlose Tat und macht damit jeglichen Scheiß, den er gebaut hat, wieder wett. Ich befürchte, das Leben ist kein Film, und wenn doch, ist es eine schwarze Komödie, in der Gott und der Teufel mir gerade zusehen und sich kaputtlachen, weil ich ein auf dem Boden liegender Idiot bin, der seine Meisterin beschützen will. Vielleicht wäre ich doch ein guter Sklave.

»Was ist das?!«

Ich verstehe die idiotische Frage des Dämons nicht. Das ist ein blutender Mensch in kauernder Haltung – noch nie gesehen?

Er tritt mich nicht mehr und ich will nachsehen, warum, aber mein Nacken schmerzt schon bei der kleinsten Bewegung. Als ich die zusammengekniffenen Augen vorsichtig öffne, fällt mir auf, wie windig es geworden ist, weil meine Tränen nicht mehr an den Wangen, sondern an den Schläfen entlanglaufen.

»Böse Dämonen! Aufhören! Kusch, kusch!«

Ich blinzle, um sicherzugehen, dass da auf einmal wirklich ein Typ steht, der etwas tuntig mit den Händeln wedelt. Er muss quasi aus dem Nichts gekommen sein.

»Wer bist du?«, will der Dämon wissen, aber die Antwort interessiert nicht nur ihn.

Meine Muskeln entspannen sich und sie drückt den Kopf unter meinen Oberarm hervor, um auch etwas sehen zu können.

»Ich bin jeder und niemand und was immer ihr wollt! Für euch bin ich der Tod, also sterbt bitte schnell, ich scheue die Arbeit!«

Ich bin mir sicher, dass er nicht aus dieser Welt stammt, und vielleicht ist er betrunken, aber die Dämonen weichen vor ihm zurück.

»Bleib weg! Das ist nicht deine Angelegenheit!«, ruft einer von ihnen.

Er hebt den Finger in die Luft und wackelt mahnend damit.

»Ihr kennt nicht meinen Namen, wisst aber um meine Angelegenheiten? Ich muss euch Lügen strafen!«

Wahrscheinlich spielt mein Verstand mir Streiche. Ich sehe, dass er verschwindet – wie ein Schatten bei Flutlicht – und Sekunden später hinter einem der Dämonen auftaucht.

Er schlägt ihm den Schädel ein – mit der Faust, auf der etwas silbern funkelt. Ich muss wegsehen, weil mein Magen sonst rebelliert.

Das Schreien des nächsten Dämons verrät mir, dass er auch mit ihm kurzen Prozess gemacht hat. Der Dritte läuft davon, ich höre seine schnellen Schritte in der Ferne verstummen.

Als ich wieder hinsehe, kommt der Fremde auf mich zu, mit einem Grinsen im Gesicht.

Er ist bestimmt kleiner als ich, schmal, mit ungewöhnlich heller Haut und pechschwarzen Haaren. Ich weiß nicht, warum ich ihn so anstarre. Eigentlich sollte ich Angst haben, weil es mir genauso ergehen könnte wie den Dämonen, aber ich weiß, dass er mir nichts tut. Intuition.

Mein Fellknäuel wird unruhig. Ich lasse es los und schaffe es, mich hinzusetzen, obwohl mein Körper sich gegen die Bewegungen mit Schmerzen wehrt.

Die kalte, harte Ziegelsteinmauer im Rücken, starre ich zu ihm hoch, während neben mir jemand in Abwehrhaltung geht und einen Katzenbuckel macht. Sie faucht, aber er beachtet sie nicht.

»Kannst du aufstehen?«, will er wissen.

»Nein, gerade eben nicht – gib mir etwas Zeit.«

Er nickt, macht schwungvoll eine halbe Drehung und setzt sich neben mich auf den Boden. Er legt seinen rechten Unterarm auf das angewinkelte Knie und gewährt mir damit einen guten Blick auf das blutverschmierte Schmuckstück, das sich vorhin in den Kopf des Dämons gebohrt hat. Es ist ein silberner Armreif, der von seinem Handgelenk über seinen Handrücken verläuft und über den Knöcheln zu einer scharfkantigen Spitze wird. So etwas könnte ich auch gebrauchen.

»Was machst du hier? Was willst du von uns?« Sie ist im Angriffsmodus – ich nicht, weil ich mit meinen Kräften am Ende bin und keinen Sinn darin sehe.

»Atme durch und setz dich zu uns, wankelmütiges Kätzchen«, säuselt er.

Sie funkelt ihn mit einem Blick an, den sonst nur ich zu sehen bekomme, wenn ich sie wütend mache. »Ich habe von dir gehört! Du machst nur Ärger! Willst du uns reinlegen?! Erlaubst du dir einen Scherz? Wir haben Probleme, wir brauchen keinen Narren, der uns in den Rücken fällt!«

Er seufzt und legt sich die Hand auf die Stirn. »Der Ruf, der mir vorauseilt, ängstigt dich? Hab keine Angst vor mir, ich bin nur ein harmloser Geist auf der Durchreise, der eure Hilfeschreie vernommen hat.«

»Lügner!«, faucht sie und neigt den Kopf nach rechts. Dort liegen schwarze Federn – sie sind mir noch nicht aufgefallen, aber ich bin im Moment auch nicht sonderlich aufmerksam. »Du folgst mir schon seit Tagen, oder? Nur in anderer Gestalt!«

Er grinst schief, dann zieht er sich eine schwarze Feder aus dem Hemdkragen und pustet sie in die Luft. »Aufmerksames Kätzchen! Narzisstisches Kätzchen! Ich folge nicht dir, sondern der jungen Sünderseele.«

Ich ziehe die Augenbrauen in die Höhe. Er erwidert meinen Blick. Zum Glück stellt sie die Fragen für mich, im Moment bin ich zu kaputt, um irgendetwas zu hinterfragen. Eigentlich will ich nur eine Handvoll Schmerztabletten einwerfen und dann ins Bett gehen. Mein Körper kann nicht mehr.

»Was willst du von ihm?«, will sie wissen. »Was will ein Geist mit einer Sünderseele?!«

Für einen Geist sieht er ziemlich lebendig aus – ein wenig blass vielleicht, aber das bin ich gerade auch.

»Meine Wünsche für ihn sind wohlwollender, als es deine waren, bevor du ihm verfallen bist. Was für ein interessanter Schutzmechanismus. So unterhaltsam und durchdacht wie ein Bühnenspiel. Ich bin so entzückt wie schon seit Jahrhunderten nicht mehr!«

»Was redest du da?! Verdammter Narr! Das hier ist doch kein Spiel!«

»Doch, doch«, beteuert er. »Du siehst es nur nicht, weil du deinen Platz darin nicht kennst. Aber ich gebe zu, die Regeln, die euch auferlegt wurden, sind hart, kompliziert und zielen darauf ab, dass ihr ewige Verlierer bleibt. Umso verblüffender, wie weit ihr in dieser Runde gekommen seid. Ihr könntet jubeln!«

Ich verstehe nicht, was er sagt, ich weiß nur, dass ich irgendetwas gegen die Schmerzen brauche.

»Schwachsinn!«, faucht sie und klettert auf meinen Schoß, um mir in die Augen zu sehen. Ihre Konturen verschwimmen und werden dann wieder klar. Ich könnte jetzt ohnmächtig werden, aber auf eine Nacht in einer schmutzigen Seitengasse, neben Dämonenleichen, habe ich keine Lust.

»Bist du schwer verletzt?«, will sie wissen.

Woher soll ich das wissen? Ich raffe mich auf und mache ein paar Schritte. Ein Bein vor das andere setzen, funktioniert noch, auch wenn mein Verstand schmerzbedingt benebelt ist.

»Ich will nach Hause«, kann ich meinen Plan noch verbalisieren und wanke dann los.

Jemand greift mir unter den Arm – wahrscheinlich der Geist und nicht die Katze.

Es gibt einen Punkt, an dem einem so ziemlich alles um einen herum egal wird – den habe ich definitiv erreicht.

Ich frage mich nicht, wer er ist, was er gesagt hat, und wenn neben uns jetzt Jesus persönlich vom Himmel fallen und uns seinen blanken Hintern zeigen würde, wäre es mir auch egal. Ich will mich nur hinlegen und die Augen zumachen, damit die Schmerzen weggehen können. Vielleicht ist morgen alles wieder in Ordnung.

10

Blanke Nerven

Im Traum sehe ich eine Katze eine Krähe jagen und glaube zu verstehen. In Wirklichkeit verstehe ich gar nichts, das wird mir bewusst, als ich aufwache und in ein grinsendes, altersloses Gesicht mit dunkelvioletten Augen sehe.

Ich setze mich aufrecht hin. Das hier ist mein Zimmer, mein Bett und mein Blut, das am Kissen klebt. Der Nacken tut mir noch weh, genau wie der Rücken und meine Magengegend, aber ich bin klar im Kopf.

»*Dante's Awakening*«, sagt er.

Er sitzt auf meinem Schreibtischstuhl und legt den Kopf erwartungsvoll schief. Ich verstehe nur Bahnhof. Wer zur Hölle ist Dante? Denkt er, dass ich so heiße?

»*Devil May Cry.*«

Als er mit der Plastikhülle herumwedelt, verstehe ich, auf was er hinauswill.

»Das Videospiel …« Meine Stimme klingt klarer, als ich vermutet hatte.

»Ja. Ein vergnüglicher Zeitvertreib! Dieses Jahrhundert ist arm an Kriegen, es gibt kaum etwas zu sehen. Aber die Menschen wissen sich zu unterhalten. Eine Rasse, der die Lust auf Blut und Elend in die Wiege gelegt wurde – ich mochte sie immer!«

Seine Stimme hat diesen hypnotischen Klang, macht aber alles andere als schläfrig. Ich bin mir sicher, ich lausche einem Verrückten, aber ich höre auch gerne Interviews mit Charlie Sheen.

»Du zockst also gerne?« Ich setze dort an, wo ich ihm noch folgen kann, weil ich gerade erst aufgewacht bin und mein Hirn noch bootet. Er grinst wieder schief und nickt.

Während ich meinen Körper aus dem Bett hieve, kommt die Erinnerung an gestern.

Mir war immer klar, dass der Besuch in einem Esoterikshop körperliches Unbehagen bereiten kann, aber ich hatte eher damit gerechnet, dass mir vom Räucherstäbchengeruch schlecht wird, nicht, dass sich Dämonen mit mir um meine Seele prügeln wollen.

Das hässliche Gemälde im Schaufenster, das wahrscheinlich mit dem Blut von Nils' Ex-Freundin gemalt wurde, hätte mir eine Warnung sein sollen.

Ohne Hilfe wäre ich jetzt tot. Der Gedanke lässt sofort Unbehagen in mir wachsen. Ich weiß nicht mehr, wie ich nach Hause gekommen bin. Mir fehlt ein Teil meiner Erinnerungen und ein Teil meines Rettungskommandos.

»Wo ist …?!« Ich sehe mich hektisch um.

»Die Katze? Ich hatte Hunger …« Er beißt sich auf die Unterlippe.

Für drei Sekunden bin ich schockiert, dann fällt mir wieder ein, dass ich glaube zu wissen, dass er von dieser Art von Humor lebt.

»Was fühlst du für sie?«

Diese Frage überfordert mich im Moment. Ich will nur wissen, wo sie ist, um dann herauszufinden, wer er ist, um daran weiterarbeiten zu können, was aus mir wird.

»Brüderlicher Beschützerinstinkt? Menschliches Mitleid? Männliches Verlangen?«

Seine Auswahlmöglichkeiten helfen mir auch nicht weiter.

Er steht auf und legt den Kopf schief. »Bevormunden, lieben, hätscheln, ficken? Was nun? Die Neugier bringt mich um! Sei doch nicht so!«

Ich zucke mit den Schultern. »Sie ist eine verdammte Dämonenkatze, die mich versklaven will. Was willst du hören? Dass ich sie nach drei Tagen liebe? Ich bin zwar ein naiver, wankelmütiger Idiot, aber nicht geisteskrank!«

Heute ist meine Laune schlechter als gestern, vielleicht weil mir die Zeit davonläuft oder weil mein Körper so laut nach etwas schreit, das mich betäubt.

Er neigt den Kopf von links nach rechts, so als wäre er sich nicht sicher, ob er mir glauben soll.

»Wo ist sie?«, frage ich erneut.

»Im Badezimmer. Hat ihre Wunden geleckt und ist dann eingeschlafen.«

Ich will mich selbst überzeugen.

Sie hat sich auf dem Teppich vor der Dusche zusammengerollt. Die Blutspritzer am Boden sind überschaubar. Mein Kissen sieht schlimmer aus.

Ich lasse sie schlafen und gehe zurück in mein Zimmer. »Wer bist du?«

Ja, ich habe lange gebraucht, um diese Frage zu stellen.

Er lehnt am Fensterbrett. »Ein Freund.«

Ich krame in einer Schublade, die voll mit Tablettenschachteln ist – die meisten sind leer. »Warum hast du mir geholfen?«

»Weil Freunde das tun.«

Als ich finde, was ich suche, drücke ich zwei hellgelbe Tabletten aus der zerbeulten Verpackung. »Wieso bist du mir gefolgt?«

»Um auf dich aufzupassen, weil du schon so weit gekommen bist.«

Ich schlucke die Pillen ohne Wasser. Sie bleiben mir beinahe im Hals stecken und ich muss husten.

Als ich wieder Luft bekomme, kann ich meinen Charme spielen lassen. »Ich kenne die Namen all meiner Freunde – deinen nicht! Warst du dabei, als ich mit Alvin gesprochen habe? Oder als ich in das Becken gesprungen bin? Damals hätte ich einen Freund gebraucht oder zumindest jemanden, der mir sagt, dass ich ein kaputter, selbstzerstörerischer Bastard auf dem Weg in die Hölle bin!«

Ich bin schlecht gelaunt, weil mir alles wehtut und diese vielen seltsamen Dinge mich langsam überfordern. Mein Hals ist so trocken, dass ich wieder husten muss. Er greift sich das leere Glas auf dem Schreibtisch.

»Ich komme oft, um nach dir zu sehen – schon lange. Aber ich folge dir erst, seit sie aufgetaucht ist.« Er schwenkt das Glas hin und her. Es füllt sich mit Wasser. »Du zerstörst dich immer selbst.

Das steht in den Spielregeln – daran kann ich nichts ändern, ich habe es versucht.«

»Ach, und was für ein Spiel ist das?«

»Deines. Trink!« Er hält mir das Glas vor die Nase, aber ich denke nicht daran zuzugreifen.

»Meines? Das klingt, als hätte ich mir das alles selbst ausgesucht! Bin ich so ein übler Masochist?«

Er grinst. »Nein. Du hast die Regeln nicht gemacht, nur das Spielbrett, aber genug davon, das willst du jetzt nicht hören.«

»Woher weißt du das?«

»Weil ich dich kenne.«

Er nervt mich langsam mit dieser Leier. Alles nervt mich, weil ich nichts verstehe. »Aber ich bin dir noch nie begegnet! Wieso erinnere ich mich dann nicht an dich?«

»Tust du doch. Du warst immer sehr nett zu mir. Du magst Vögel, nicht?«

Ich sehe die schwarze Krähe vor meinem geistigen Auge, schüttle das Bild aber schnell wieder ab. Ich bin schon tausend Krähen in meinem Leben begegnet, oder vielleicht auch nur einer.

»Wieso das alles? Und wenn du mir jetzt wieder mit dieser ›Ich bin dein Freund‹-Nummer kommst, rupfe ich dir beim nächsten Mal die Federn aus!«

Er lacht und macht wieder diese übertriebenen Gesten. »Warum ich mich jetzt einmische? Du bist noch nie so weit gekommen! In keinem einzigen Leben warst du so nahe dran! Ich will dir helfen – lass mich der Joker in deinem Spiel sein, denn der Narr, der ich bin, schuldet dir noch etwas!«

Ich schnappe mir das Glas, weil ich sonst wieder husten muss. Das Wasser ist eiskalt und schmeckt seltsam. Ich habe aber auch keine Ahnung, wo er es her hat.

»Dein Geschwafel über vergangene Leben und dieser Scheiß helfen mir nicht weiter! Ich erinnere mich an nichts davon!«

Er nickt. »Genau, wie ich gesagt habe: Du willst es nicht wissen!«

»Doch, will ich! Aber im Moment interessiert mich nur die Zukunft, die ich auf keinen Fall als Sklave oder in der Hölle verbringen will!«

»So etwas war auch nie für dich vorgesehen! Das macht es ja so spannend!«

Meine Situation amüsiert ihn definitiv. Er ist schaulustig, neugierig und verrückt – im Sinne von: Ich bin mir nicht sicher, ob er zu Hause abgeschnittene Gesichter sammelt, die ihm beim *Devil May Cry*-Spielen anstarren. Angst macht er mir trotzdem keine – vielleicht weil mein Instinkt und mein Verstand überfordert sind.

»Was bist du eigentlich?« Ich muss einfachere Fragen stellen, deren Antwort ich hoffentlich endlich verstehe.

»Er ist ein Geist.« Sie steht im Türrahmen und starrt ihn böse an.

»Was heißt das?«, will ich wissen. »Ist er tot? Ein Zombie, ein Vampir, eine Wahnvorstellung von mir?«

Das bringt ihn natürlich zum Lachen.

»Er ist ein hinterlistiges, penetrantes Wesen, das sich nie an Regeln halten musste, weil er der Einzige seiner Art ist!«, erklärt sie. »Man sagt, er fing an, mit den Engeln zu existieren, weil sich all das Schlechte und Überflüssige, das Gott bei ihrer Erschaffung von ihnen losgelöst hat, sammelte und personifizierte.«

Bevor er etwas sagt, verzieht er die Lippen und verschränkt die Arme.

»Das würde mich kränken, wenn ich Stolz hätte«, erklärt er tonlos.

Sie kommt auf mich zu. »Du darfst ihm nicht vertrauen! Er tut nichts anderes, als allen im Himmel auf die Nerven zu gehen. Ich weiß nicht, was er hier auf der Erde will, aber es geht ihm nur um seinen Spaß, nicht darum, dir zu helfen – egal was er erzählt hat. Er redet Schwachsinn. Schick ihn weg!«

»Hast du so große Angst vor mir? Ich bin harmlos wie ein Schmetterling und treu wie ein Hund. Ich nehme dir deinen Lebensinhalt nicht weg, ich helfe ihm nur – ihm und dir, also sei freundlich und dankbar, kleine Dämonin.«

»Alles Lügen! Und er ist nicht mein Lebensinhalt. Aus deinem Mund kommt nur Müll!«

Ihre Stimme überschlägt sich und sie stellt die Nackenhaare auf.

»Nicht dein Lebensinhalt? Dann sah ich dich einem Mann das Leben retten, der dir gleichgültig ist? Ein bizarres Hobby!«

»Ich brauche ihn! Der Seelensammler wird ihn holen und ich bekomme meinen Körper! Nichts weiter!«

»Kannst du das? Ihn gehen lassen? Ihn im Stich lassen? Hältst du noch daran fest?«

»Ja! Natürlich! Wieso sollte ich das nicht tun?!«

Ihre Stimme war noch nie so hoch. Ich glaube zu wissen, dass sie gleich hysterisch wird, wenn er weiter nachfragt.

Er zuckt mit den Schultern, wendet sich mir zu und legt mir die Hand auf die Schulter. »Riechst du das? Süßlich und schwer. Liebe!«

Ich muss grinsen, weil ich ihn witzig finde – sie nicht.

»Dann trau eben diesem Narren! Viel Glück! Ihr seid beide Idioten!« Sie läuft davon, vielleicht hinunter ins Erdgeschoß – weit geht sie nicht, das weiß ich.

Seine Hand liegt noch immer auf meiner Schulter. »Ich heiße Loki.«

»Sixten, aber ich denke, das weißt du.«

Er nickt und lässt los. »Ja, ich kenne deinen Namen.«

Die Tabletten beginnen zu wirken und machen mich müde. Ich kann mich nicht wieder ins Bett legen, ich muss mir das Blut vom Körper waschen und dann die richtigen Fragen stellen.

»Ich gehe kurz unter die Dusche, dann reden wir über Engel und darüber, ob du auch Kokain aus dem Ärmel schütteln kannst! Ach und friss die Katze nicht, ich brauche sie noch!«

»Ich weiß!«

Das kalte Wasser macht mich wach und es tut gut, ein paar Minuten alleine zu sein. Ich kann mich selbst denken hören, ohne Zurufe von außen.

Mein innerer Monolog ist konfus und pessimistisch. Es ist zu viel passiert und ich habe zu wenig Zeit, das wiederhole ich wie ein Mantra.

Vielleicht finde ich mit Lokis Hilfe einen Engel und lebe weiter.

Was heißt das eigentlich?

Ich arbeite in der Schwimmhalle, dröhne mich zu und schreie Nils an, weil er mich am Wochenende vor vier Uhr Nachmittag weckt. Irgendwann lässt Doktor Mattson mich einweisen und ich verrecke in der Krankenhaustoilette, weil ich mir eine Überdosis von dem dreckigen Heroin gespritzt habe, das mir eine der Schwesternschülerinnen besorgt hat.

Mein bisheriges Leben kommt mir wie ein schlechter Film vor, in dem ich noch nicht mal die Hauptrolle gespielt habe – dafür war ich zu farblos.

Heute ist absolut nicht mein Tag. Irgendwie ist alles sinnlos. Egal wie es endet, ich bleibe, was ich bin: einsam, schwach, grau. Vielleicht muss das so sein, in jedem Leben, so wie Loki gesagt hat.

Mir ist danach aufzugeben, es gut sein zu lassen und mir die Pulsadern mit der glänzenden Rasierklinge aufzuschneiden.

Das Blut vermischt sich mit dem Wasser und rinnt in den Abfluss. Es ist dunkelrot, weil es schon alt ist. Es dauert lange, alles abzuwaschen.

Die Wunden an meinem Nacken spüre ich nicht mehr, nur die blauen Flecke am Körper und mein dunkelviolettes Auge schmerzen trotz der Tabletten. Als ich das Wasser abstelle, habe ich meine Gedanken wieder einigermaßen im Griff.

Ich ziehe mich an – greife mir den schwarzen Pullover, den Nils mir mal zum Geburtstag geschenkt hat, weil er der Meinung ist, dass mein Schlabberlook Frauen abschreckt und er beim Ausgehen mit mir darunter leidet. Ich habe ihn nie getragen, nur irgendwann zu den Handtüchern gestopft.

Da ist ein weißes schlichtes Balkenkreuz auf der Vorderseite. Bei so viel Ironie finde sogar ich mein Schmunzeln wieder.

Mein Zimmer ist leer, so wie der Rest des Hauses. Sie können nicht weit sein. Vielleicht bin ich aber auch endlich wach geworden und der Trip ist vorbei.

Der verrückte Geist lehnt draußen im Garten an der Fassade und streckt sein blasses Gesicht der Sonne entgegen.

»Geht es dir gut, mein Freund?« Er behält die Augen geschlossen und sieht dabei aus, als wolle er sich bräunen.

»Ich wurde gestern fast totgeschlagen, bin quasi auf kaltem Entzug und soll versklavt werden.«

Loki summt. »Noch bist du nicht tot. Das Spiel ist noch nicht vorbei.« Er schlägt die Augen auf und streckt mir die offene Hand entgegen. Darin liegt ein kleines, gläsernes Fläschchen.

»Was ist das? Und wo hast du es dir diesmal rausgezaubert?«

»Trink. Gegen die psychischen Schwächen, die du dir antrainiert hast.«

Ich wusste, dass er Drogen zaubern kann!

Dem Wasser gegenüber war ich skeptischer. Bläuliches Zeug, das mich wieder auf die Höhe bringt, muss man mir nicht zweimal anbieten. Mein Junkie-Herz hüpft im Kreis.

Die Menge reicht kaum für einen ganzen Schluck. Es prickelt auf der Zunge und hinterlässt einen leicht salzigen Nachgeschmack. Ich warte auf eine Wirkung, während der magische Dealer zu meiner Rechten sein Gesicht wieder zur Sonne neigt.

Es ist ungewöhnlich warm heute und die Sonnenstrahlen tun wirklich gut. Ich stelle mich neben ihn. Als er zu reden beginnt, klingt seine Stimme seltsam vertraut.

»Ein junger Mann aus Göteborg,

wünscht sich seine Sünden fort.

Kommt er zum Ziel,

erwartet ihn viel.

Die Katze ist dann aber fort.«

Zu lächeln ist anstrengend, aber mir ist danach. Vielleicht kenne ich ihn doch, in mir braut sich ein Gefühl zusammen, das einem Déjà-vu ähnelt.

»Kannst du mir helfen, einen Engel zu finden?«

»Natürlich.«

»Er lügt!« Sie kommt über den Zaun gesprungen. Ihr Fell sieht noch immer zerzaust aus und ich könnte schwören, dass ihre Augen glasig sind. »Engel dürfen keinen Fuß auf diese Welt setzen! Das ist ihnen per göttlichem Gesetz verboten!«

Ich sehe Loki an, der mich gerade an den verrückten Hutmacher aus Alice im Wunderland erinnert.

»Stimmt das?«, will ich wissen.

»Ja. Dasselbe gilt für Sex im Himmel und Wein und Spiel. Verbote sind der Beweis dafür, dass es solche Dinge gibt, sonst wären sie überflüssig. Es ist per göttlichem Gesetz nicht verboten, sich die Flügel abzuhacken – aber welcher Depp tut sowas auch? Für Dämonen gilt das göttliche Gesetz übrigens auch – ihr dürft nicht hier sein. Du kennst diese Regel, junges Dämonenwesen, oder?«

Sie funkelt ihn an. »Ja! Deshalb verstecken sie sich auch! Sie leben unerkannt unter den Menschen. Wer sich zu erkennen gibt, wird kurzerhand exekutiert! Niemand will das, also lassen sie sich auch nicht finden. Ich sage nicht, dass es hier keine Engel gibt, aber kein Einziger wird zugeben, was er ist, und ihm helfen. Eine Absolution zu sprechen, wäre gleichbedeutend mit Selbstmord!«

Mir wird plötzlich klar, warum sie mir überhaupt verraten hat, dass Engel Sünder freisprechen können. Theoretisch ist es machbar und in der Praxis ausgeschlossen. Sie hat mir keine Möglichkeit offen gelassen, meine Haut zu retten, sie wusste von Anfang an, dass ich keine Chance habe. Ich habe keine Chance – als ich es mir in Gedanken vorsage, platzt etwas in mir.

Ich mache einen Schritt nach vorne und sie macht zum ersten Mal den Fehler, keine Angst vor mir zu haben. Als ich sie packe, quiekt sie erschrocken.

»Das wusstest du?! Du lässt mich im Kreis laufen?! Hat es dir Spaß gemacht zu sehen, wie ich mir den Arsch aufreiße?!«

Sie will mich kratzen, beißen, irgendwie loskommen, aber ich habe sie am Genick gepackt und schüttle sie.

»Ich habe nicht von dir verlangt, mir zu helfen! Ich habe dir nie die Schuld an meiner Sünde gegeben! Was ich wollte, war eine Chance! Du bist dafür verantwortlich, dass ich nur noch einen Tag habe! Du hast diesen Seelensammler auf mich angesetzt und mich glauben lassen, ich könnte mich retten! Wenn du nicht gewesen wärst, hätte ich auch als Sünder weiterleben können! Ich wäre irgendwann gestorben und hätte um Absolution bitten können!«

Das alles weiß ich schon lange, daraus hat sie kein Geheimnis gemacht, trotzdem drehe ich durch. Ich will kein Sklave werden, so ein Leben kann ich nicht führen, ich fahre lieber in die Hölle. Gestern dachte ich noch, ich würde es schaffen, aber dieses lebenserhaltende Gefühl von Hoffnung ist verpufft.

»Dass ich übermorgen Selbstmord begehe und dafür in die Hölle fahre, ist deine Schuld! Wir verlieren beide! Willst du mir beim Sterben zusehen?! War es das, was du wolltest?!« Ich will etwas hören. »Sprich!«

Ich schreie nicht, ich brülle. Sie zittert am ganzen Körper, aber ich habe kein Mitleid, weil ich derjenige bin, der übermorgen stirbt.

»Nein! Das will ich nicht!«, schluchzt sie. Ihre Stimme ist heiser.

»Lüge!« Ich schüttle sie wieder.

Sie wimmert. »Ja. Ich wollte dich opfern … ich wollte hier leben, weil das Leben in der Hölle mich umgebracht hätte. Anders ging es nicht. Eine Sünderseele finden und sie opfern. Das klang so einfach. Ich dachte, ihr hättet dieses grausame Schicksal verdient. Ich dachte, ich würde kein Mitleid haben!«

In mir kocht nur noch Wut und Verzweiflung, nichts anderes.
»Und hast du jetzt Mitleid? Du verlogenes Miststück! Heulst du so wie jetzt, wenn du siehst, wie ich mir die Pulsadern aufschneide?!«

Sie hat schon lange aufgehört, sich zu wehren, trotzdem bleibt mein Griff fest. »Was soll ich tun?! Ich kann dir nicht mehr helfen! Der Seelensammler kommt. Ich würde ihn wegschicken, wenn ich könnte, aber ich kann nicht! Er findet dich. Du hattest nie eine Chance und es ist meine Schuld, ja. Ich kannte dich nicht. Ich wusste nichts von dir. Ich wollte nur mein eigenes Leben retten. Ich dachte, ich würde Gerechtigkeit an einem Todsünder üben, aber meine Sünde ist viel schlimmer als deine. Du verdienst die Hölle nicht. Aber ich kann nichts tun! Du darfst mich töten. Bring mich um! Ich will nicht mehr leben. Ich will im Fegefeuer brennen.«

Sie hat einen Punkt erreicht, an dem sie es endlich sein lässt, mir die abgebrühte, egoistische Dämonin vorzuspielen.

Ich habe einen Punkt erreicht, an dem ich keinen Sinn mehr in Moral, Gerechtigkeit oder Vergebung sehe.

Dieses seltsame, unerwartete Geräusch lässt mich innehalten. Loki klatscht in die Hände – er applaudiert und grinst dabei bis über beide Ohren. Während ich ihn entgeistert anstarre, fällt mir auf, dass er hüpft.

»Haha! Fantastisch! Theatralisch und so spannend!«, ruft er.

Ich wäge noch ab, ob ich ihm an die Gurgel springen oder ihn einweisen lassen soll. Er ist definitiv verrückt, ein Narr, und er macht mich so konfus, dass die Spirale aus Wut, Verzweiflung und Hass plötzlich aufhört sich zu drehen.

Ich lasse das zitternde Häufchen Elend endlich los. Sie fällt vor mir auf den Boden und starrt zu Loki hoch.

»Tut euren Unmut kund und lasst die Masken fallen!«, fährt er fort. »Die still Leidenden werden nie gehört werden! Schreit, weint, verflucht und kämpft! Ich will euch gewinnen sehen!«

Dass ich noch immer wie angewurzelt dastehe, liegt daran, dass ich noch nie jemanden gesehen habe, der so irres Motivationsgebrabbel von sich gibt und sich dabei freut, als hätte er im Lotto gewonnen.

»Sei doch still, du Schelm …«, verlangt sie mit schwacher Stimme und schließt resignierend die Augen.

Mir reicht es auch. »Schön, dass dich unser Leid so amüsiert, aber jetzt ist Schluss damit!«

»Ja. Da hast du recht, mein Freund.« Er grinst mich an, als ob er keine Ahnung hätte, dass ich kurz davor stehe, ihm ins Gesicht zu schlagen – er weiß es aber, schließlich kennt er mich ja so gut. »Schluss mit all der Verzweiflung! Sie ist Teil eures Spiels und treibt euch dazu zu verlieren. So viel Verzweiflung. Du warst immer verzweifelt, mein Freund.«

»Was soll ich denn sonst empfinden?! Ich bin leider nicht verrückt genug, um darüber zu lachen, so wie du!«

Er hebt den Zeigefinger. »Aber verrückt ist gut! Verrückt ist undurchschaubar. Der Verrückte wird euch helfen.«

»Wie?! Wie willst du uns helfen?! Kannst du einen Engel für mich auftreiben, der bereit ist zu sterben, um mir Absolution zu erteilen? Kannst du den Seelensammler aufhalten? Kannst du ihren Körper hierherbringen?«

»So etwas in der Art. Nein. Und ja.« Er blinzelt, so als ob er etwas im Auge hätte, vielleicht ist es aber auch ein Tick.

»Was soll das heißen?!«

»Soll heißen, du unterschätzt die Fähigkeiten deines treu ergebenen Narrens.«

Er streckt die flache Hand aus und es wird so windig, dass ich die Augen zusammenkneifen muss. Ich weiß nicht, was gleich passiert. Vielleicht wird er wieder zu einer Krähe, zaubert ein Kaninchen oder beschwört den Weltuntergang.

Ihn umgibt grauer Nebel und er sieht plötzlich wirklich wie ein Geist aus. Seine dunkelvioletten Iriden leuchten und ich höre einen Schrei. Als ich zu ihr runter sehe, bin ich mir sicher, dass sie gerade zerfetzt wird. Etwas zieht ihr das Fell von der Haut. Überall wirbeln graue Haare herum.

Ich sehe nicht klar und ich kann mich wegen dieses seltsamen Windes kaum rühren. Wahrscheinlich bringt er sie um. Sie schreit und ich kann nicht mehr hinsehen, weil meine Augen brennen, als hätte ich in die Sonne gestarrt.

Von einer Sekunde auf die andere wird alles wieder normal. Der Wind verschwindet und mit ihm dieses seltsame Gefühl, von etwas Übernatürlichem erdrückt zu werden.

Ich sehe wieder klar – ich sehe sie am Boden liegen, als Mensch, nackt, zitternd.

»Voilà! Ein Problem weniger.«

Sie hustet Rauch, während ich Loki fassungslos anstarre. Er tut, als wäre das die leichteste Übung der Welt gewesen. Ich raufe mir die Haare.

Er ist wirklich so etwas wie ein Joker. Setzt man ihn ein, werden die unwahrscheinlichsten Spielzüge möglich. Ich liebe diesen Narren, trotzdem würde ich ihn gerne ohrfeigen.

Nachdem ich den ersten Schock überwunden habe, bücke ich mich nach ihr. Sie sieht abgekämpft aus, kann nicht aufstehen. Ihre langen, schwarzen Haare sind zerzaust und sie starrt mich fassungslos, mit diesen großen, tiefgrünen Augen, an. Die Verwandlung scheint schmerzhaft gewesen zu sein.

Ich will sie hochheben und schiebe meine Hände unter sie.

Als mein Blick ihren Hals streift, halte ich inne. Diese knallroten Flecken darauf, die sich spätestens morgen dunkelblau verfärben werden, kommen nicht von der Metamorphose, sondern von mir. Ich habe sie geschüttelt, fallengelassen und so zugerichtet.

Mein Gewissen spielt verrückt und lässt mich bewegungslos in der Hocke verharren.

»Ich war grausam zu dir …«, murmle ich geistesabwesend.

»Das liegt in deiner Natur, sich dafür zu entschuldigen ist sinnlos.«

Lokis Einwand klingt unlogisch und irgendwie makaber. Wenn Grausamkeit in meiner Natur liegt, was bin ich dann? Ich will es nicht wissen, weil es keine Rolle spielt. Jetzt bin ich ICH: ein reumütiger Sünder, der aus Verzweiflung brutal geworden ist.

»Es tut mir leid …«

Sie antwortet nicht, hustet nur und scheint dann vollends zu begreifen, was mit ihr passiert ist. Erschrocken schubst sie mich weg und legt sich dann die Hände auf den Busen.

Nackt vor jemandem im Gras zu liegen, der gerade noch wahnsinnig war und bei dem wahnsinnig zu sein ein Dauerzustand ist, muss ein beschissenes Gefühl sein.

Ich kann diesen leidenden, ängstlichen Blick nicht ertragen – jetzt nicht mehr.

Es ist kalt draußen, zu kalt für nackte Haut, das stelle ich selbst fest, als ich mir den Pullover ausziehe.

»Hier!«

Sie greift zu und zieht ihn sich so schnell über, als ob ihr Leben davon abhinge.

Sie ist schmal und klein genug, um sich den Pullover bis über den Hintern zu ziehen – viel weiter geht er nicht, aber das ist besser als nichts; der Meinung ist sie auch, denn sie hört auf auszusehen, als ob sie Angst hätte, aufgefressen zu werden.

»Wie … wie hast du das gemacht?« Ihre Stimme zittert.

Loki grinst. »Leichter als jeder Kartenspielertrick. Bist du jetzt glücklich? Dann lächle.«

Sie kann nicht lächeln – das kann ich nach den vergangenen Minuten auch nicht. Wir sind durch den Wind und frieren, das versteht der dauerbeschwipste Geist aber nicht.

»Lasst uns weitermachen. «, sagt er. »Der nächste Trick wird schwerer, aber nicht unmöglich. Wir müssen unsere Karten nur richtig ausspielen.«

Ich schüttle den Kopf. »Nein! Jetzt nicht. Gib uns etwas Zeit – ein paar Minuten.«

»Für was denn?« Seine Frage klingt amüsiert und geschmacklos anrüchig.

Ich gehe wieder vor ihr in die Knie. Sie versucht die ganze Zeit aufzustehen, aber es scheint, als hätte ihr Verstand noch nicht verinnerlicht, dass sie keine Pfoten mehr hat.

Als ich sie hochheben will, starrt sie mich nur an, schubst mich aber nicht weg. Ich hoffe, sie weiß, dass ich ihr nichts tun will. Ich will nicht, dass sie Angst vor mir hat, niemand soll Angst vor mir haben – ich will nie wieder grausam sein.

»Soll ich?«, frage ich.

»Ich bin aber schwer«, entgegnet sie leise.

Sie ist nicht schwer. Ich trage sie ins Haus, ohne mir Lokis furchtbar unpassendes Grinsen nochmal anzusehen. Er bleibt im Garten stehen und spielt mit einem Schmetterling – Freak!

Während ich sie rauf ins Badezimmer trage, wechseln wir kein Wort und sehen uns nicht an. Da schwebt eine dicke Wolke über uns, die auf den Namen ›Unwohlsein‹ hört. Sie verfolgt einen immer dann, wenn man sich für etwas in Grund und Boden schämt und nicht in der Lage ist, das Thema zu wechseln. Es gibt kein anderes Thema zwischen uns.

»Lass mich runter!«

Als sie das Schweigen bricht, lasse ich sie, vor Schreck, beinahe fallen. Ich stelle sie ab und schiebe ihr den Pullover dabei, aus Versehen, so hoch, dass sie sofort Handlungsbedarf hat und durch die schnelle Bewegung beinahe auf die Nase fällt. Sie hält sich nur wackelig auf den Beinen.

»Du willst wahrscheinlich duschen«, sage ich.

Nicht nur mein Wutausbruch hat Spuren an ihr hinterlassen. Da klebt Blut an ihrem Körper, das mit Sicherheit von gestern stammt.

Sie nickt und ich verschwinde.

Nachdem ich die Badezimmertür in die Angeln fallen lassen habe, gehe ich in mein Zimmer, lehne mich gegen den Schrank und sinke auf die Knie.

Meine Gedanken lassen sich nicht ordnen. Sie sind sprunghaft und verwirrend.

Dank Loki geht es weiter und ich habe wieder eine Chance. Ich kann nicht abschätzen, wie groß sie ist und was danach kommt.

Es kommt mir so vor, als wäre ich nur noch ein Sünder – sonst nichts – und wenn ich die Sünde los bin, gibt es mich nicht mehr, weil sie alles war, was ich war.

Wie viele Leben habe ich wohl schon gelebt?

Ich bin dazu verdammt, mich selbst zu zerstören – warum eigentlich? Wer hat die Regeln zu meinem Spiel geschrieben? Gott? Der Teufel? Ich selbst? Wer bin ich? Ist das wichtig?

Ich fühle mich leer – ich habe mich immer leer gefühlt. Wenn ich das Spiel gewinne, muss das nicht mehr so sein – dann bin ich ganz und nicht mehr ICH, weil ich verschwinde.

»Alter, da steht ein Typ in deinem Garten und näht ein Kleid! Wer ist das?«

Die bekannte Stimme reißt mich schlagartig zurück ins Jetzt und ich verliere alle losen Fäden, die ich aufgegriffen hatte.

»Nils?«

»Ja, sicher! Wer soll ich sonst sein? Bist du high? Du siehst scheiße aus und trägst kein Shirt! Soll ich im Krankenhaus oder in der Klapse anrufen?«

Meine alte, normale Realität kollidiert gerade mit der neuen, übernatürlichen Realität. Ich starre in diese kindlich wirkenden, naiven Augen, die mich mustern.

»Bist du verprügelt worden? Dein halber Körper ist blau! Was hast du nur gemacht, du Depp?!« Er kniet sich neben mich und ist sich sicher, dass ich auf Drogen bin, weil er mich dann immer ansieht, als wäre ich ein Pyromane mit einem Streichholz in der Hand. »Ich hab mir Sorgen gemacht! Du gehst seit Tagen nicht an dein Handy! Ich dachte, du wärst an deiner Kotze erstickt!«

Nils will mich auf die Beine ziehen, aber ich helfe nicht mit und er müht sich umsonst ab.

»Steh auf, Sixten! Sonst lass ich dich wirklich einweisen! Was ist denn los?! Was hast du gemacht?! Und wer ist der Typ im Garten?«

Mir fällt absolut nichts ein, was ich Nils in diesem Moment sagen könnte. Die Wahrheit würde ihn nur dazu bringen, zu glauben, dass ich mir endgültig das Hirn weggekokst habe.

Ich stehe doch auf, um ihm zu beweisen, dass er nicht den Notarzt rufen muss, weil ich bewegungsunfähig bin.

Ich hole Luft, um etwas zu sagen, aber die Stimme, die ertönt, ist nicht meine.

»Ich habe nichts anzuziehen, außer …« Sie steht plötzlich im Türrahmen, mit nassen Haaren und den Händen am Saum des Pullovers, um ihn irgendwie länger zu ziehen.

Nils starrt sie an, als wüsste er, dass sie ein Dämon ist. Natürlich weiß er es nicht, er hat nur Angst vor hübschen, halbnackten Frauen.

»Das ist Nils, ein Freund! Er geht gleich wieder!«, erkläre ich ihr, weil ich die Unsicherheit in ihren Augen wachsen sehen kann.

Sie ist skeptisch Fremden gegenüber, wahrscheinlich, weil sie sich noch immer wie ein angeschossenes Reh zwischen Hunden fühlt.

Diese Situation kommt mir eigentlich gelegen. Nils soll gerne glauben, dass ich eine neue Freundin habe, dann macht er sich keine Sorgen und verschwindet. Das hier ist kein Spiel für ihn – er schmeißt die Nerven schon beim Pokern weg.

Während ich mir einen Pullover überziehe, will ich sie ihm vorstellen.

»Das ist …« Mir weicht die Farbe aus dem Gesicht. »Das ist …«

Ich setze nochmal an, aber das hilft mir auch nicht weiter. Diese unsagbar wütenden Blicke, ich muss sie nicht sehen, um zu wissen, dass sie auf mir ruhen.

»Du hast meinen Namen vergessen?!«, faucht sie.

Da steckt definitiv noch eine Katze in ihr. Als ich ihr entschuldigende Blicke schenken will, wird mir bewusst, wie sauer sie wirklich ist. Sie sieht aus, als würde sie mir jeden Moment an die Gurgel springen wollen.

»Nach allem, was passiert ist?! Du weißt nicht, wie ich heiße?!«

»Doch! Lilly … La… L…«

Ihre Unterlippe bebt vor Wut. Sie dreht sich um und stürmt davon.

»Ach komm! Du hast ihn mir nur einmal gesagt! Ganz am Anfang! Mein Namensgedächtnis ist beschissen! Schon immer!« Ich folge ihr nach unten. Sie läuft komisch, weil sie den Pullover festhalten muss. Ihren Hintern kann ich trotzdem sehen, während sie die Stufen hinunterrennt.

»Den Namen der irren Krähe konntest du dir sofort merken!«

»Ja! Aber nur weil ich ihn wahrscheinlich schon ewig kenne! Vielleicht war er mal mein Freund oder mein Lover … ich bin mir da nicht so sicher …«

Sie findet mich nicht lustig.

»Die ersten zwei Jahre hatte ich auch keine Ahnung, wie Nils heißt! Er war ›Hey du‹!«

»Das stimmt!«, ruft er und läuft mit nach unten.

»Wohin willst du überhaupt?!«, frage ich. »Haust du jetzt ab?! Jetzt, da du hast, was du wolltest!«

Sie bremst vor der Terrassentür so abrupt ab, dass ich sie ramme. Ich halte sie fest, weil ich keine Lust auf diese lächerliche Verfolgungsjagd habe.

Ihre Augen funkeln wütend, traurig und irgendwie erwartungsvoll. »Denkst du, ich bin so?! Ich wimmere um Vergebung und verschwinde bei der nächstbesten Möglichkeit?! Ich weiß, was ich dir angetan habe! Ich stehe in der verdammten Schuld eines Mannes, der meinen Namen nicht mal kennt! Aber so ist es nun mal!«

Sie reißt sich los und verschwindet nach draußen in den Garten.

»Alter!«, stößt Nils hervor. »Was geht denn hier eigentlich ab?! Wer ist sie?! Wo hast du sie her?! Und wieso seht ihr so aus, als hättet ihr euch gegenseitig vergewaltigt?!«

Für Nils' Fragen ist jetzt eigentlich kein Platz in meinen Gedanken, aber ich muss sie beantworten, sonst verschwindet er nie.

»Ich hab sie bei Doktor Mattson kennengelernt. Sie hat ein kleines Aggressionsproblem, aber sie arbeitet daran.«

Nils zeigt durch das Fenster nach draußen und zieht eine Augenbraue nach oben. »Und wer ist der seltsame Typ mit den violetten Kontaktlinsen?!«

Ich sehe nach draußen. Loki sitzt wirklich im Gras und näht. Er hat ein schwarzes Stück Stoff auf dem Schoß und eine Nadel in der Hand. Verdammter Irrer!

»Das ist Loki …« Ihm ein Problem anzudichten, stellt sich als schwieriger heraus als gedacht – zu viel Auswahl. »Er ist … schizophren!«

»Und wieso ist er hier?! Ich meine, ich verstehe, warum *sie* hier ist!« Er zeigt auf … Es ist wirklich scheiße von mir, dass ich ihren Namen vergessen habe! Sie hat mir das Leben gerettet und ist Schuld daran, dass ich wahrscheinlich sterben werde. Jeder von uns wollte den anderen mal töten und trotzdem brauchen wir uns irgendwie. Wir haben zweifelsohne eine gemeinsame Geschichte – kurz, aber heftig. Ich wäre auch gekränkt, wenn sie nicht wüsste, wie ich heiße.

»Er ist ihr Bruder! Sie passt auf ihn auf!« Mir fällt spontan nichts Besseres ein.

»Und während ihr oben Sex habt, näht er unten?«

»Ja! Dann kann er zumindest nichts anstellen – er ist ziemlich verwirrt!«

»Aha. Und wann hast du beschlossen, ein Sex-Irrenhaus zu eröffnen?!«

»Vorgestern!«

Ich schiebe Nils nach draußen, er muss verschwinden.

»Hallo, mein Freund! Ich bedecke die Blöße deines Kätzchens!«, ruft der verrückte Hutmacher.

»Okay! Danke!« Ich schiebe Nils weiter in Richtung Tor.

Mein Kätzchen kniet neben Loki und mustert ihn streng. »Musstest du mich wirklich nackt hierherbringen?«, will sie wissen.

Er zwinkert. »Natürlich nicht! Aber irgendetwas in mir ist auch nur ein Mann! Sei froh, dass du ihm gehörst, ich bin ein ungeduldiger Liebhaber!«

Dass Loki diese durch und durch obszöne Geste mit der Zunge macht, gibt Nils den Rest.

»Bist du sicher, dass er ihr Bruder ist?«

Ich schiebe ihn durch das Tor und schließe es hinter uns. »Ja! Gestörte Familie!«

»Aber …!«

»Danke, dass du hier warst, aber du siehst, ich bin beschäftigt!«

»Schon klar …« Er ist beleidigt, aber ich will nur sein Bestes. Das alles ist nichts für ihn, ich will ihn in nichts hineinziehen.

»Ach, Nils!«

Er dreht sich nochmal um. »Ja?«

»Das Mädchen braucht jemanden. Wenn ich nicht mehr auf sie aufpassen kann, machst du das dann?«

»Wieso solltest du nicht …«

»Schon gut! War nur ein Gedanke! Überleg's dir!«

Zum Glück ist Nils so naiv. Er versteht noch nicht wirklich, auf was ich hinauswill, genauso wenig wie er versteht, wie dankbar ich ihm bin, dass er mich in all den Jahren nie aufgegeben hat. Als er hinter der Häuserecke verschwindet, nimmt er die normale Realität mit sich.

Loki lehnt an einer der Fichten und pfeift. Anscheinend hat er seine Handarbeitsstunde beendet. Ich gehe davon aus, dass sie ins Haus gegangen ist, um sich das – von Geisterhand fabrizierte – Kleid anzuziehen. Auf das Ergebnis bin ich gespannt. Ich bin mir nicht sicher, ob es mehr von ihrem Hintern bedeckt als mein Pullover.

»Wie geht es weiter?«

»Konntest du deine Nerven wieder beruhigen?«

»Ja.«

»Gut, denn dort, wo wir hingehen, ist es gefährlich.«

Wenn ein Verrückter etwas als gefährlich bezeichnet, muss man hellhörig werden.

»Wohin bringst du mich?«

»Zu einem Engel.«

»Einem gefährlichen Engel?«

»Ja.«

Mir war irgendwie klar, dass die Sache nicht einfach werden würde – einfach ist nicht unser Stil.

»Wird er mir helfen?«

Loki zuckt mit den Schultern. »Wir werden sehen.«

»Und wenn nicht? Gibt es einen Plan B?«

»Ja.«

»Wie lautet der?«

»Viel Glück im nächsten Leben!«

Ich nicke und versuche, dieses beißende Gefühl von Verzweiflung nicht in mir hochkommen zu lassen. Noch bin ich nicht am Ende, auch wenn ich es schon kommen sehen kann.

Sie taucht wieder auf. Über dem grenzwertig kurzen Kleid trägt sie einen meiner Kapuzenpullover.

»Was du mir gemacht hast, sieht aus wie Unterwäsche!«

Loki nickt. »Ja. Ich habe mir Mühe gegeben. Sei nicht undankbar!«

»Undankbar, dass du mich anziehst wie eine …«

»Kommst du mit?« Ich unterbreche das Gespräch, weil ich mich jetzt nicht mehr mit Banalitäten beschäftigen will.

Sie mustert mich, als ob ich sie gefragt hätte, ob sie mir in die Hölle folgt, und nickt dann. »Dann lasst uns unseren nächsten Zug machen und hoffen, dass die Würfel günstig fallen!«

11

Gottes Vollstrecker

Wir laufen durch Teile der Stadt, die mir vertraut sind.

Die Schwimmhalle ist offen. David hat bestimmt einen anderen Versager gefunden, der Kindern verbietet, vom Beckenrand zu springen.

Ich habe seit Tagen nicht mehr auf mein Handy gesehen. Ich bin mir sicher, dort wartet eine Nachricht, in der steht, dass ich gefeuert bin. Außerdem weiß ich, dass Doktor Mattson angerufen hat, um mir zu sagen, dass ich vor Gericht muss, wenn ich nicht zu den Sitzungen komme. Ich kann mich auf viel freuen, wenn ich diesen Tag überlebe!

Als wir am Krankenhauskomplex vorbeilaufen, schalte ich meine Gedanken stumm. Ich kann nicht an ihn denken, sonst muss mir etwas bewusst werden, mit dem ich sowieso nicht leben kann, und ich versuche doch zu überleben. Ich muss das trotzdem irgendwie geradebiegen, aber ein Schritt nach dem anderen.

Loki gibt die Richtung und das Tempo vor. Ich bin mir irgendwann nicht mehr sicher, ob er überhaupt weiß, wohin er möchte. Er läuft zwar schnell, biegt aber auffallend oft ab, so als wolle er Haken schlagen. Vielleicht will er uns abhängen oder hat spontan vergessen, was er vorhatte – ich traue diesem wirren Verstand vieles zu.

»Woher kennt er den Engel, zu dem er dich führt?« Sie atmet schwer, weil Loki das hier zu Ausdauersport macht.

Er läuft zehn Meter vor uns, pfeifend, mit den Händen in den Hosentaschen.

»Ich weiß nicht.«

Sie schließt mit Mühe weiter zu mir auf. »Was, wenn er dich reinlegt? Für ihn ist das ein Spiel!«

Es ist ungewohnt, nicht auf den Boden schauen zu müssen, um Blickkontakt mit ihr zu bekommen.

»Wahrscheinlich ist es genau das – ein Spiel. Ich muss ihm trauen, es gibt keine Alternativen. Außerdem glaube ich, dass er wirklich helfen möchte.«

»Woher willst du das wissen?«

»Er sagt, er schuldet mir etwas. Ich denke, das stimmt. Es fühlt sich so an.«

»Es fühlt sich so an?! Als ich dich kennengelernt habe, hast du nicht mal an den Himmel oder die Hölle geglaubt! Und jetzt lässt du dich von göttlicher Intuition führen?!«

Ich muss schmunzeln. »Keine göttliche Intuition, nur Intuition. Außerdem bin ich stur, nicht blind – ich denke, das war immer so.«

Sie ist kurz still, ich höre sie nur schnaufen. »Du bist der seltsamste Mann, dem ich je begegnet bin.«

»Ist das gut?«

»Ich weiß nicht.«

Loki biegt wieder ab. Die Straße, auf der wir jetzt entlanglaufen, führt zum Hafen.

Die Luft riecht nach Salz und je näher man dem Meer kommt, umso unerträglicher stinkt es nach Fisch. Ich war nie gerne hier. Das Treiben ist hektisch und auf Schiffen wird mir übel.

Ich schließe zu Loki auf, der angefangen hat, sich suchend im Kreis zu drehen.

»Hast du dich verlaufen?«

»Nein, unmöglich!«, entgegnet er selbstsicher.

»Warum?«

»Weil ich noch kein Ziel habe! Wie soll ich mich da verlaufen?«

»Du weißt nicht, wo wir hin müssen?!«, fragt sie und wünscht sich wahrscheinlich gerade wieder den Katzenkörper zurück, um Loki die Augen auszukratzen.

»Das habe ich nicht gesagt!«

»Aber wenn du kein Ziel hast, dann …!«

»*Noch* kein Ziel!«, verbessert er sie und dreht sich noch einmal im Kreis. Als er stehen bleibt, zeigt er mit dem Finger auf eine Lagerhalle. »Perfekt! Leerstehend, nicht einsehbar, zu wenig abgeschieden für ein Gemetzel!«

»Gemetzel?!«, wiederhole ich.

Loki zwinkert. »Ein Scherz. Mich kann er nicht töten und dich darf er nicht töten. Eigentlich …«

»Eigentlich?!« Ich habe kein gutes Gefühl mehr, was diesen Plan betrifft.

»Sariel ist über die Jahrtausende hinweg ein wenig verbittert! Lacht zuwenig! Exekutiert zuviel! Schlägt aufs Gemüt!«

»Sariel?! Der Sariel?!« Sie macht einen Schritt auf Loki zu, während sie diesen Namen so schockiert ausspricht. »Er wird mich umbringen!«

Loki nickt. »Ja. Dich schon. Deshalb sollte er dich auch nicht sehen! Aber keine Angst, meine und die Aura deines Lebensinhalts sind so stark, dass er deine nicht spüren wird. Du kannst also Mäuschen spielen, Kätzchen. Sein Schicksal interessiert dich bestimmt.«

Er zwinkert und sie wendet sich mir zu. Ich brauche die Frage gar nicht zu stellen, sie weiß, was ich wissen will. »Sariel ist der Vollstrecker! Er wurde auf die Erde geschickt, um die Einhaltung der göttlichen Gesetze zu überwachen! Er kontrolliert alles hier auf der Erde!«

Das klingt im ersten Moment weniger schlimm, als ich vermutet hatte, aber sie beißt sich so nervös auf den Lippen herum, dass sie blutrot werden.

»Er tötet sie! Jeden, der unerlaubt hier ist! Engel oder Dämon, das ist egal!«

Ich kann nachvollziehen, warum sie die Nerven wegschmeißt.

»Du musst nicht mitkommen, wenn du nicht willst. Du kannst zurück nach Hause gehen und dort warten.«

Wenn ich gewusst hätte, dass wir zu jemandem gehen, der so gefährlich für sie ist, hätte ich sie sowieso nicht mitgenommen.

»Nein! Ich will hören, was er sagt!«

Ich halte das für idiotisch, aber ihr diese fixe Idee auszureden, würde mehr Zeit in Anspruch nehmen, als ich habe. Es ist ihr Leben – sie entscheidet, was sie sich zumutet.

»Dann lasst es uns hinter uns bringen!«, sage ich und folge Loki bis vor die Lagerhalle.

Ich habe noch immer kein gutes Gefühl, aber was macht das schon für einen Unterschied?

Die Tür ist verschlossen. Dass das kein Problem für den magischen Narren ist, überrascht mich nicht.

»Hereinspaziert! Hereinspaziert!« Er breitet die Arme aus und läuft durch die Lagerhalle wie ein Zirkusdirektor.

»Warum sind wir so weit gelaufen?«, will ich wissen. »In meiner Gegend gibt es auch Industrieviertel.«

Hier drin gibt es nichts Besonderes, nur grauen Betonboden, hohe Wände, ein paar Kisten und dieses furchtbar unnatürliche, weiße Neonlicht.

»In deiner Gegend gibt es aber auch dich«, antwortet er. »So verwischen wir deine Spur! Sariel muss nicht wissen, wo du wohnst! Wer weiß, wie sich die Lage noch zuspitzt oder was ihm zu Ohren kommt!«

Ich habe die meiste Zeit über keine Ahnung, was in Lokis Kopf vor sich geht und ob das, was er sagt, seinem Wahnsinn oder der Wahrheit entspringt, aber er gibt sich sichtlich Mühe – mehr kann man von jemandem wie ihm nicht verlangen.

»Muss ich auf irgendetwas achten?«, frage ich.

Er nickt. »Ja. Lass mich reden. Schweig einfach und sei du, das reicht.«

Gut, ich lasse den Verrückten für mich sprechen – wieso nicht.

Er zeigt auf die zwei Kisten in der Ecke und wedelt mit den Händen. »Versteck dich! Sonst hast du bald keinen Kopf mehr!«

Ihr ängstlicher Blick verfängt sich in meinem. »Sei vorsichtig!«, verlangt sie.

Ich will ihr sagen, dass sie nicht auf die dumme Idee kommen soll, mir helfen zu wollen, falls das hier nach hinten losgeht, aber dieser Bitte kommt sowieso nie jemand nach – in keinem Film, in keinem Buch und wahrscheinlich erst recht nicht in der Tragikomödie meines Lebens.

Sie verschwindet hinter den Kisten – kein schlechtes Versteck, trotzdem bin ich mir nicht sicher, ob Loki die Wahrheit gesagt hat. Ich schließe die Augen, um sicherzugehen, dass ich sie nicht fühlen kann – als mir auffällt, wie idiotisch ich mich verhalte, reiße ich die Augen wieder auf. Wenn das mit mir so weitergeht, springe ich demnächst von einem Hochhaus, weil ich glaube, dass ich ein fliegendes Einhorn bin.

»Und jetzt?«

Loki steht nur da und starrt an die Decke. »Psst! Übersinnlicher Kontaktversuch!«

»Wie bitte?«

Er gestikuliert mir mit der wedelnden Hand, dass ich still sein soll. »Ich telefoniere!«

Na sicher telefoniert er. Er ruft diesen Sariel einfach an und fragt, ob er kurz Zeit für uns hat. Wieso nicht? Mittlerweile glaube ich sowieso alles.

Während Loki weiter an die Decke starrt und, gemeinsam mit seinen anderen fünf Persönlichkeiten, versucht, Kontakt zu diesem Sariel aufzunehmen, lehne ich mich an einen Stahlträger.

Fünf Minuten vergehen, in denen absolut nichts passiert.

Ich bin mir jetzt sicher, dass wir uns schon lange kennen – Loki und ich. Diese innere Unruhe, die meine Nerven strapaziert, sobald er etwas Verrücktes tut, ist mir so vertraut, als hätten wir die letzten fünftausend Jahre zusammen verbracht. Irgendwie ist mir danach, ihn zu verprügeln.

Als die Neonröhren zu flackern beginnen, gebe ich zuerst meinen Augen die Schuld. Ich denke, ich bekomme einen epileptischen Anfall oder den längst überfälligen Schlaganfall, weil ich mich mit einem Mal so erdrückt fühle. Die Luft schwimmt, wie bei großer Hitze, dann taucht er einfach auf.

Fünf Meter vor Loki steht plötzlich ein zwei Meter großer Typ mit dunkelroten Haaren und finsterem Blick. Obenrum sieht er aus, als wäre er ein Aristokrat aus dem neunzehnten Jahrhundert: Die langen Haare sind zu einem Pferdeschwanz gebunden, er trägt ein am Revers besticktes Sakko und eines dieser Hemden mit seltsam hohen Kragen, die an einen verschnittenen Rollkragenpullover erinnern. Untenrum hat er sich für eine andere Epoche entschieden: schwarze lederne Hosen zu schweren Bikerstiefeln.

Interview mit einem Vampir trifft *Blade*.

»WAS?! WAS?! WAS?!«

Diese Stimme ist markerschütternd. Er ist wütend und ich bin mir sicher, dass das kein Gemütszustand ist, den man sich bei ihm wünscht.

Loki weicht nicht zurück, obwohl Sariel ungehalten auf ihn zustürmt. Zwanzig Zentimeter lässt er noch zwischen ihnen bestehen, dann neigt er den Kopf nach unten, um dem wahnsinnig grinsenden Geist in die Augen zu sehen.

»Was willst du, du benebelter, verschlagener Possenreißer?«

Er ist einen ganzen Kopf größer als Loki und ich kaufe ihm den Vollstrecker sofort ab – obwohl er auch etwas von einem exzentrischen Narzissten hat, der sich die Nägel maniküren lässt.

»Der untertänige Geist bittet um deine Hilfe, mein schöner, gefürchteter Cherub!« Loki säuselt wie ein Hofnarr vor dem König.

»Ich habe keine Zeit für deine Scherze! Erklär mir, in einem Satz, wieso du in meinen Gedanken herumspukst und mich hierherrufst, und in einem weiteren Satz, warum ich dir nicht den Kopf vom Rumpf reißen soll!«

Sariel weicht keinen Zentimeter zurück, Loki auch nicht, er legt den Kopf schief und lächelt. Dieses Lächeln ist nur oberflächlich unschuldig. Man sieht ihm an, dass er etwas im Schilde führt.

»Ich rief dich, um dir einen Verstoß gegen Gottes Gesetz zu melden«, sagt er »Und mich zu verstümmeln, wäre keine Genugtuung für dein Henker-Herz – wie du dich sicher erinnerst.«

Der rothaarige Engel schnaubt einmal laut. »Ja, ich erinnere mich! Sogar der Tod scheut deine Gesellschaft, egal in wie vielen Kleinteilen man dich ihm mitgeben möchte. Ich hatte mir Mühe gegeben!«

Sein Tonfall verliert die Härte nicht, hat aber mit einem Mal eine vergnügte Note, die mir einen Schauer über den Rücken jagt. Die amüsierten Worte eines kaltherzigen Schlächters – ich bin mir sicher, dass er das ist. Alles an ihm schreit das zum Himmel.

Seine Haltung wird entspannter, nicht mehr so bedrohlich und unnatürlich steif. »Ich gehe davon aus, dass die Gesetzesübertretung, die du mir melden möchtest, mit dem Menschen, den du mitgebracht hast, zusammenhängt!«

Ich hatte mich schon gefragt, ob er mich überhaupt bemerkt hat – hat er, aber er würdigt mich keines Blickes.

»Komm gleich zum Punkt und erspar mir dein elendes Geschwätz und deine Lügen! Was willst du?!«

Loki stellt wieder den Säuselmodus an und neigt ehrfürchtig den Kopf. »Mein schöner Cherub, ich möchte dich bitten, dieser armen Seele deine heilige Vergebung zu gewähren. Ich sah ihn sündigen und tiefe Reue empfinden. Er war dem närrischen Geist ein guter Freund, als ich, vom Absinth berauscht, in einer Bredouille gesteckt habe. Ich will mich nun erkenntlich zeigen und ihm helfen, seine Haut zu retten. Ein Seelensammler wurde auf ihn angesetzt. Ich will dem Herrn ab jetzt ein guter Diener sein und ich bin mir sicher, diese Seele einem Dämon zu überlassen liegt nicht in Gottes Interesse.«

Sariel lacht das düsterste Lachen, das ich jemals gehört habe. So lacht kein Mensch, nur ein irrer Engel, der weiß, dass er angelogen wird.

Lokis Geschichte ist an den Haaren herbeigezogen. Anscheinend versucht er mit der Wahrheit hinter dem Berg zu halten, warum auch immer. Er hat definitiv den Mut eines Verrückten. Ich bin an das einzige Wesen geraten, das genug Schneid besitzt, um Gottes Henker für mich anzulügen. Es wundert mich, dass Loki noch normal laufen kann – bei so großen Eiern.

»Du willst mir erzählen, dass du Gott dienen möchtest?«, höhnt Sariel. »Du, der schon jedes Gebot übertreten hat, das jemals aufgestellt wurde? Ich sah dich berauscht mit Engeln in Gottes Hallen sündigen! Du gabst Sodom und Gomorra ihre Namen!«

Anscheinend hat er zu dick aufgetragen. Loki zuckt nur lächelnd mit den Schultern. Er will etwas sagen, kommt aber nicht dazu.

»LÜG MICH NICHT AN, NARR!«

Ich bilde mir ein, dass sogar die Halle bebt, als er zu schreien beginnt. Diese Stimme ist so durchdringend, dass ich mir die Ohren zuhalten möchte, aber der geschrienen Warnung folgt eine leise, nicht weniger bedrohliche.

»Ich gebe dir noch einen Versuch, weil du mich neugierig gemacht hast, aber sei versichert, dass ich dich und das Menschlein in Stücke reißen werde, wenn mir deine Antwort nicht gefällt!«

Wahrscheinlich sollte ich Angst empfinden, aber da ist nichts in mir, außer Sympathie für Loki, der seinen unsterblichen Kopf für mich hinhält, und Antipathie für Sariel, der das Attribut grausam wirklich verdient hat.

Ich rechne damit, dass Loki wieder zu Kreuze kriecht und um Vergebung bittet, aber seine Haltung wird vorbildlich gerade und er lässt die Hände in den Hosentaschen verschwinden. Die dunkelvioletten Iriden funkeln.

»Dann hör mir zu, Cherub!« Seine Stimme hat den untertänigen Klang verloren. Die harmlose, Schmeicheleien aussprechende Persönlichkeit hat er schlafen geschickt. »Diese Seele, in den Händen eines Dämons, würde Chaos in das göttliche System bringen, das du bewahren sollst! Sieh ihn dir genau an und sag mir, ob du ihn dem Seelensammler überlassen darfst!«

Ich starre Loki an, der auf einmal klingt, als würden wir am längeren Hebel sitzen. Mir war nicht bewusst, dass er so gut lügen kann. Lügt er? Ist das eine Masche? Ich weiß nicht, was Sariel in mir sehen soll, aber er rührt sich auch noch nicht. Noch starrt er Loki an, dessen strenger Blick seinem definitiv standhält.

Als Sariel den Kopf in meine Richtung dreht, wird mir seltsam zumute. Ich sollte nervös werden, unsicher oder ängstlich, aber in mir rührt sich nichts – keine einzige Emotion, so als hätte ich keine mehr.

Er kommt näher, Schritt für Schritt, ganz langsam, mit verschränkten Armen. Sein ausdrucksloses, maskenhaftes Gesicht verrät nichts über seine Stimmung.

Weil ich keine Lust mehr habe, zu warten, mache ich zwei Schritte auf ihn zu. Dieses theatralische, zeitraubende Getue ist nicht mein Ding.

Wir kommen einen halben Meter voreinander zum Stehen. Er ist gleich groß wie ich, also muss ich nicht zu ihm aufsehen.

Seine Iriden haben einen dunklen Goldton. Man könnte sich von diesen furchteinflößenden Augen einschüchtern lassen – muss man aber nicht. Ich sehe keinen Sinn darin, Angst vor ihm zu haben, und irgendetwas in mir wehrt sich auch dagegen.

Angestarrt zu werden macht mir nichts aus, er ist nicht der Erste – vielleicht der erste Engel, wobei ich mir nicht mal dabei sicher bin.

Seine verschränkten Hände sinken nach unten und der strenge Blick wird plötzlich weich. Er sieht überrascht aus, vielleicht sogar wehmütig – eine Sekunde lang.

»AHHHHHHHH!«

All meine Muskeln zucken gleichzeitig zusammen. Es fühlt sich an, als würde ein hungriger Löwe mich anbrüllen, ein Löwe, der nur einen halben Meter entfernt steht. Ich weiche zurück und verschränke die Unterarme vor dem Gesicht, weil mit diesem übermenschlich lauten Schrei auch starker Wind aufgekommen ist. Als ich wieder hinsehen kann, sehe ich, wie die Wut sein Gesicht entstellt. Ich bin mir sicher, dass er mich töten will, aber er tut es nicht, er dreht sich zu Loki um. »Wieso bringst du ihn mir?!«

»Weil du ihm helfen musst«, entgegnet Loki tonlos.

Sariel beginnt den Kopf zu schütteln und hört gar nicht mehr damit auf. »Muss! Muss! Muss!«, wiederholt er. »Ich muss gar nichts!«

Sein Grinsen passt nicht zu diesem bissigen Tonfall. Er starrt, für ein paar Sekunden wieder in meine Richtung und wendet sich dann Loki zu. Dieser Engel ist definitiv durchgeknallt, und das auf keine charmante, hilfreiche Weise, so wie andere in dieser Lagerhalle.

Ich weiß nicht, was er glaubt, in mir zu sehen, aber es gefällt ihm nicht.

»Mit Todsünderseelen zu handeln ist doch noch immer illegal, oder hat sich das Gesetz geändert?« Loki ist ungewohnt ruhig, weder überschwänglich noch albern, das muss er aber auch sein, denn ich bin mir sicher, dass die Situation ansonsten eskaliert.

Sariel hebt die Hände in die Luft. »Fehler passieren! Ich kann sie nicht alle bestrafen! Der Herr sieht mir das nach, er hat mich nicht vollkommen erschaffen!«

Korruption scheint kein rein irdisches Problem zu sein. Er will uns nicht helfen, warum, verstehe ich nicht – vielleicht aus bloßer Boshaftigkeit.

»Mach dir bewusst, was das heißt, Cherub! Du lässt zu, dass in eine Bestrafung eingegriffen wird, die Gott und der Teufel persönlich verhängt haben! Seine Seele darf keinem Dämon in die Hände fallen oder in die Hölle fahren! Denk an die Konsequenzen!«

Anstatt Loki zu antworten, dreht er sich zu mir. »Die Strafe, die über deine erbärmliche Seele verhängt wurde! Von beiden Seiten gesprochen – WEIL DU UNSER ALLER LEBEN ZERSTÖRT HAST!«

Ich kann mir sein Gebrüll diesmal anhören, ohne zurückzuweichen. Was er mir vorwirft, ergibt aber keinen Sinn, zumindest nicht für mich.

»Ich war dafür, dich im ewigen Feuer brennen zu lassen! Dich und alles was du erschaffen hast! Du verblödeter, einfältiger, törichter ...«

»Er erinnert sich an nichts! Du kannst dir deine Predigt sparen!«

Lokis Einwand lässt ihn verstummen, aber er greift plötzlich nach mir, streckt seine Hand aus und legt sie auf meine Schulter. »Keine Erinnerung? Ja, das ist Teil der Bestrafung! Das und dieser zerbrechliche, langsam verrottende Körper! Der wievielte ist das? Der Zigtausendste!«

Seine Hand ist unnatürlich kalt und sein Griff wird mit einem Mal so fest, dass ich glaube, meine Knochen zerbrechen unter dem Druck seiner Finger.

Ich sinke auf die Knie, versuche seine Hand wegzudrücken, aber das ist ebenso sinnlos wie mein Versuch, zu verstehen, was ich bin oder war oder wer ich seiner Meinung nach sein soll. Ich kann mir das Schreien verkneifen, aber den gequälten Blick nicht, an dem Sariel sich ergötzt.

»Ich könnte dich zerfetzen, aber du würdest wiedergeboren werden!«, knurrt er. »Ich könnte dir die Erinnerung nehmen, aber du weißt ja sowieso nichts! Sieh selbst, was du angerichtet hast! Die Welt, die du erschaffen hast, soll dich quälen, so wie sie mich quält! Werde zum Sklaven oder töte dich selbst und schmor in der Hölle, Uriel!«

Ich verliere den Halt, die Orientierung und fast meinen Verstand. Während ich gegen die Wand pralle, summt es in meinem Kopf so laut, als hätte jemand sämtliche Alarmknöpfe auf einmal gedrückt. Ich sehe Bilder aufflackern, Bilder aus einem vergangenen Leben oder einem Traum – ich weiß es nicht. Irgendetwas fällt, tief, unaufhaltsam – ich kann es nicht mehr auffangen.

»Selbstgefälliger, verdorbener Engel!« Lokis Stimme klingt wütend, er schreit Sariel an, aber dessen Lachen hallt in den hohen Wänden wider.

Ich kann die Augen nicht aufmachen, weil mein Kopf noch immer summt, also bleibe ich regungslos liegen und will herausfinden, was ich fallen sehe. Die beiden sollen still sein – ich versuche mich zu erinnern.

»Du wirst diesen Tag noch verfluchen! Wenn seine Strafe endet und er zu sich selbst findet, wird er dir und allen anderen Verrätern Einhalt gebieten! Korruptes, verdorbenes Pack!«

Ja, Sariel ist verdorben – ein scheinheiliger Verräter, das war er schon damals. Ich kann mich aber nicht erinnern, warum ich nicht mehr ich sein durfte.

»Wird er das? Wenn seine Strafe endet? Na gut, wenn das kleine Menschlein das Unmögliche möglich macht, dann werde ich zu seiner Wiedergeburt eilen, um mich seinem Zorn zu stellen! Viel Glück, ihr elenden Narren!«

Ja, wir brauchen Glück, um etwas zu finden, dass die Leere in mir füllen kann. Ich habe meinen Joker ausgespielt – und jetzt? Die erdrückende, leuchtende Aura verpufft und das Schrillen in meinem Kopf wird leiser.

»Sixten! Hörst du mich?!« Ihre Stimme klingt schön und dass sie so nah ist, tut gut. Sie ist das Stück Glück, das ich brauche, und ich bin ihr Unglück, oder nicht?

»Was ist mit ihm?!« Sie braucht keine Angst um mich zu haben, ich bin noch nicht tot, ich will nur nicht aufwachen.

»Nur ohnmächtig …« Loki klingt niedergeschlagen, vielleicht weil wir verloren haben, aber verlieren liegt in meiner Natur, das weiß er doch. »Sixten, wach auf! Lass uns hier verschwinden!«

Sie versucht es noch immer, aber ich will nicht. In meinen Erinnerungen ist es schöner, wärmer, einfacher. Bevor alles trist und ausweglos wurde, war ich privilegiert und einsam.

»Steh auf, Uriel! Noch darfst du nicht schlafen.«

Ich öffne schlagartig die Augen und sehe in dunkelviolette Iriden. Loki streckt mir die Hand entgegen und will mich hochziehen. Mein Kopf tut höllisch weh und alles, was eben noch Sinn gemacht hat, kommt mir plötzlich wie eine Ohnmachtsfantasie vor. Ich lasse mich auf die Beine ziehen und starre ein paar Sekunden ins Leere, um wieder im Hier und Jetzt anzukommen.

»Geht es dir gut?«, will sie wissen.

»Nein. Warum auch?«

Ich gehe los und drücke die Tür der Lagerhalle auf. Draußen scheint die Sonne, unbeeindruckt von all dem übersinnlichen Mist, den wir hinter diesen Mauern abgezogen haben. Möwen ziehen am Himmel ihre Kreise und die Menschen pfeifen, fluchen und lachen. So viel Normalität. Ich habe Angst, dass sie mich abstößt, wie einen Fremdkörper – diese Welt.

»Wohin gehst du?«

Sie laufen mir nach, das nervöse Kätzchen und die stille Krähe.

»Nach Hause.«

»Was hast du jetzt vor?«

»Plan B.«

»Plan B?«

»Sterben.«

12

Nichts geht mehr

Ich laufe auf dem kürzesten Weg nach Hause, ohne eine einzige Frage zu beantworten. Sie will wissen, ob ich Sariel kenne und ob es stimmt, dass ich eigentlich Uriel heiße. Loki sagt ihr irgendwann, dass sie mich in Ruhe lassen soll, aber obwohl sie verstummt, kann ich ihre Nervosität so deutlich fühlen, als würde sie von mir selbst ausgehen.

Mein eigenes Haus kommt mir plötzlich fremd vor, obwohl ich darin aufgewachsen bin. Ich wehre mich gegen diese neue Wahrnehmung. Ich will nicht aus diesem Leben abdriften, weil es mir gehört, weil ich noch ich bin, niemand sonst.

Meine Schuhe landen in einer Ecke im Vorzimmer und ich verschwinde in der Küche. Im Kühlschrank steht Bier. Mit dem Sixpack in der Hand laufe ich nach oben in mein Zimmer und setze mich auf mein Bett. Ich schließe mein Handy an das Ladegerät an und öffne eine der Flaschen mit dem Feuerzeug. Die Lautsprecher der Stereoanlage sind kaputt – sie knarren, aber das stört mich nicht. *Placebo* singen einen schwermütigen Song und ich zünde mir eine Zigarette an.

Loki taucht auf und setzt sich neben mich. Ich reiche ihm eine Flasche Bier. Irgendwann steht auch sie im Türrahmen und sieht mich an, als wäre ich durchgeknallt. Ich bin nicht verrückt. Ich war seit Tagen nicht mehr so klar wie in diesem Moment.

»Das macht ihr jetzt?! Trinken?! Aufgeben?! Wir haben noch stundenlang Zeit!«, ruft sie.

»Dann können wir viel trinken«, stellt Loki grinsend fest und prostet mir zu.

Sie ist vollkommen von der Rolle, läuft auf und ab. Im Gegensatz zu Loki und mir hat sie noch nicht eingesehen, dass wir verloren haben. »Ich verstehe das alles nicht! Uriel, der Erzengel?! Ich dachte, er ist tot! War das ein Trick von dir, Loki? Wolltest du Sariel irgendwie reinlegen oder ist Sixten wirklich …«

»Wirklich Uriel? Ja, ist er«, sagt Loki.

Das Bier schmeckt überraschend gut, obwohl ich sonst nie mit Kohlensäure versetzten Alkohol trinke.

»Aber wie ist das möglich?!«, will sie wissen. »Er ist ein Mensch! Ich sehe keinen Engel in ihm!«

»Sollst du auch nicht«, sagt Loki beiläufig. »Das ist Teil der Strafe, sonst würde das Ganze doch nicht funktionieren.«

»Was für eine Strafe?«, fragt sie.

Loki schnorrt sich eine Zigarette. Zum Glühen bringt er sie ganz ohne Feuerzeug. »Uriels Strafe! Du hast nicht davon gehört, weil man darüber nicht spricht. Die, die davon wissen, hüten sich, ein Wort darüber zu verlieren. Ein Urteil, so besonders, wie die Straftat, die er begangen hat.«

Es wundert mich nicht, dass mein Bier schon leer ist, ich war durstig und bin es noch. Während ich die nächste Flasche öffne, schwelgt Loki in Erinnerungen.

»Uriel war ein gefeierter, beliebter Engel«, fährt Loki mit seinen Erklärungen fort. »Lebensfroh, neugierig, zerstreut. Im Laufe der Jahrtausende hat er aber etwas zu oft gefeiert und sich zu heftig lieben lassen!«

Er grinst mich an. Ich hatte eine Affinität zum Rausch? Kann gar nicht sein!

»Um seinem bunten Treiben Einhalt zu gebieten, gab Gott ihm eine Aufgabe, die Einsamkeit und Abgeschiedenheit mit sich brachte. Ihm wurde eine Kiste anvertraut, deren Inhalt nichts Geringeres war als das Leben selbst. Um sie zu hüten, fristete Uriel sein Dasein an einem einsamen Ort im Himmel, fernab von allem, was ihm bisher Freude bereitet hatte. Ein schweres Los, aber dieser Engel hatte Durchhaltevermögen und Gottvertrauen! Er nahm seine Aufgabe ernst, aber er war so einsam und abgeschieden, dass er mir leid tat!«

Sie starrt Loki an, der im wirklich unmöglichsten Moment eine Pause einlegt und Ringe aus Rauch pustet.

Bevor er weitererzählt, zuckt er unschuldig mit den Schultern. »Wir hatten Spaß! Ich habe diesem alten, einsamen Engel ein Lächeln abgerungen. Aber vielleicht hätte ich das Wasser aus Scheol nicht mitbringen dürfen ... oder es vorsichtiger portionieren sollen.«

»Deshalb hat er Ärger bekommen?! Weil Alkohol im Himmel verboten ist?«

Loki zieht eine Augenbraue nach oben und schüttelt den Kopf. »Dafür hätten sie uns höchstens tadeln können. Wir hätten uns Michaels Geschrei angehört – der übrigens selbst ganz gerne ins Glas schaut! Alles Heuchler!« Loki fängt an, an seinen Nägeln zu kauen. »Uriel war immer pflichtbewusst, aber er war nicht unbedingt der Allergeschickteste …« Er schweigt wie ein bockiges Kind, das nicht weitererzählen möchte.

»Ich habe die blöde Kiste fallen lassen, oder?«, murmle ich.

»Ja.«

»Und du bist abgehauen, weil du Schiss hattest.«

»Ja.«

Sie springt zu uns aufs Bett, damit sie Loki an die Gurgel gehen kann. »Dann ist es deine Schuld?! Du hast ihn betrunken gemacht!« Er lässt sich bereitwillig würgen und röchelt vor sich hin.

Ich ziehe sie am Arm von ihm runter, auf mich, und gebe ihr meine Bierflasche. »Schon gut. Es war nicht seine Aufgabe, und nicht seine ungeschickten Hände! Betrunken etwas Wichtiges fallen zu lassen, das sieht mir ähnlich.«

»Aber er hat …!«

Bevor sie Loki weiter die Schuld in die Schuhe schieben kann, stelle ich eine Frage. »Was ist mit der Kiste passiert? Ich erinnere mich nicht mehr …«

Er räuspert sich. »Sie ist runtergefallen und zerbrochen.«

»Und dann?«

»Und dann wurdest du auf die Welt verbannt, die du selbst erschaffen hast.«

Ich weiß nicht wie viele Sekunden ich Loki anstarre, aber es braucht eine ganze Weile, bis ich die Tragweite seiner Aussage verstehe.

»Heißt das, ich habe …«

»Diese Welt erschaffen? Ja.« Er drückt mein Kinn wieder nach oben, damit mein Mund nicht mehr offen steht.

Dass ich ein trunksüchtiger, ungeschickter Pechvogel bin, hat mich nicht überrascht, dass ich dabei Welten erschaffe, schon. »Gott erschuf den Himmel, der Teufel die Hölle und du die Erde. Leider ohne Plan und Erlaubnis, weshalb auch alle so unfassbar sauer waren. Ein Riesentamtam!«

Ich brauche noch ein Bier, weil sie meines gerade unwissentlich verschüttet. Ihr Mund steht auch offen.

»Es stand die Frage im Raum, ob die neu erschaffene Welt zerstört wird oder weiterbestehen darf«, fährt Loki fort. »Gott hatte ein Herz für die Menschheit, also bekam sie eine Chance. Himmel und Hölle haben Abkommen getroffen, Zuständigkeiten geklärt und sich die Aufgaben, die plötzlich entstanden waren, aufgeteilt. Auf einmal gab es viel zu tun und faule Engel wie Sariel mussten ihren verwöhnten Hintern auf die Erde schwingen und ihre Pflicht tun!«

Mir geht plötzlich ein Licht auf. »Deshalb kann er mich nicht leiden.«

»Ja, aber er hätte dir trotzdem helfen müssen. Gott und der Teufel haben deine Strafe genau festgelegt. Es gibt Spielregeln, die eingehalten werden müssen, und er ist dafür verantwortlich, dass hier auf der Erde alles nach Plan läuft. Du könntest ihm den Arsch aufreißen, wenn du wieder zum Engel wirst!«

Sie hat mittlerweile das ganze Bier verschüttet und sogar die Flasche fallen lassen.

»Deine Strafe war ein Leben als Mensch, auf der Erde«, erklärt Loki. »Du wurdest aus dem Himmel verbannt und wirst seither hier wiedergeboren. Leben um Leben zerstörst du dich immer wieder selbst, aus Schuldgefühlen und Selbstzweifeln, die dir mitgegeben wurden, um zu büßen.«

»Bis in alle Ewigkeit?«, will ich wissen, damit ich abschätzen kann, auf wie viele verkorkste Leben ich mich noch freuen darf.

»Nein, bis du wieder zum Engel wirst – aus eigener Kraft, aber die Spielregeln sind unfair!«

»Lass hören.«

Loki seufzt. »Um dich zu einem Menschen zu machen, wurden dir die Flügel abgeschlagen. Eine schmerzhafte Prozedur, die Konsequenzen hatte. So wie ich mich einst aus den Überresten von Engeln personifiziert habe, haben sich auch deine Flügel personifiziert. Ohne sie bleibst du ein Mensch, machst du sie wieder zu einem Teil von dir, kannst du zurück in den Himmel und erfährst Vergebung. Ein ursprünglich, rein hypothetischer Ausweg, der dir offengelassen wurde, denn einer deiner Flügel blieb im Himmel und der andere wurde in die Hölle geschickt. Ohne Erinnerungen und zu Wesen geworden, die den Ort, an dem sie leben, nicht verlassen dürfen, ist deine Chance auf einen Sieg so gering, dass niemand mit deiner Rückkehr rechnet.«

Sie rutscht unruhig auf meinen Schoß hin und her und merkt wahrscheinlich nicht mal, dass sie auf mir sitzt.

Loki legt den Kopf in den Nacken. »Wenn du mehr Zeit hättest! Wir hätten uns auf die Suche machen können. Du warst so nahe dran!«

Sie beißt sich auf den Lippen herum. »Es ist meine Schuld, nicht? Ich habe ihm die Zeit, die er noch gehabt hätte, genommen. Wenn ich ihn nicht gefunden hätte und den Seelensammler …«

»Wenn du ihn nicht gefunden hättest, hätte er alle Zeit der Welt haben können und es trotzdem nicht geschafft«, entgegnet Loki.

Ich weiß, wovon er spricht, sie noch nicht.

»Aber ich habe …«

»Du bist der einzige Dämon in der Hölle, der ihn überhaupt als Sünder erkennen und finden konnte. Er sündigt in jedem Leben. Seine Seele ist ein blinder Fleck, weil er eine göttliche Strafe ab-büßt. Ich folge ihm schon ewig, ich weiß das. Nur du konntest ihn finden, aber nicht, weil du den Sünder in ihm gesehen hast, son-dern weil du ein Teil von ihm bist, mein naives Kätzchen!«

Sie setzt sich aufrechter hin und verpasst mir dabei einen Tief-schlag, der sich gewaschen hat. Mir bleibt für ein paar Sekunden die Luft weg. »Das stimmt nicht! Die Estira-Dämonin hat ihn auch als Sünder erkannt!«

»Weil ich es ihr gesagt habe«, erkläre ich, mit etwas zu hoher Stimme, weil meine Eier noch immer empört sind.

»Deshalb riskierst du anstandslos dein Leben für ihn, deshalb willst du so unbedingt bei ihm bleiben«, sagt Loki. »Liebe ist der beste Schutzmechanismus, den man wählen kann! Du hättest ihm nie selbst etwas antun können. Dass du den Seelensammler geru-fen hast, war allerdings Pech.«

Sie sieht mich an und bemerkt im selben Moment, dass sie auf meinem Schoß sitzt. Der Satz, den sie macht, erinnert mich an die Zeit, als sie noch eine Katze war. Sie weicht zwei Meter zurück, so weit, bis sie den Schrank im Rücken hat. »Das kann doch nicht sein! Das ist doch *alles* an den Haaren herbeigezogen! Gott hat die Menschen erschaffen, das weiß doch jeder!«

Loki stöhnt genervt. »Ja! Weil ›Ein betrunkener Engel hat eine Kiste fallen lassen‹ keine Schöpfungsgeschichte ist, die man irgendwo niederschreibt! Man glaubt auch, Uriel wäre tot, aber er sitzt hier und ich spreche in diesem Moment mit seinem linken Flügel!« Er neigt gedankenverloren den Kopf. »Oder dem rechten … Hmm. Kann ich deine Brüste nochmal sehen?«

Sie läuft aus dem Zimmer, weil sie allein sein will und Lokis schräger Humor nur mein Fall ist.

»Du scheinst nicht so schockiert über die Wahrheit«, stellt er fest und macht den Fehler, sich das steinharte Fruchtgummi, das seit drei Monaten auf dem Beistelltisch liegt, in den Mund zu stecken.

»Schockiert? Nein. Ich habe schon immer gewusst, dass ich ein Versager bin – jetzt versage ich eben auf göttlichem Niveau.«

»Du bist kein Versager, das warst du nie. Du hattest nur Pech und bist nicht gut darin, eine Kiste festzuhalten, das ist alles. Die Welt, die du erschaffen hast, ist schön, ich mochte sie von Anfang an. Es ist nicht fair, dass du noch immer dafür büßt. Vielleicht hat Gott das eingesehen und sie zu dir geschickt.«

Ich muss schmunzeln. »Mir war klar, dass in dir ein Philanthrop steckt!«

Er zeigt beim Grinsen die Zähne, die das leuchtend rote Fruchtgummi festhalten. Beim Reden nuschelt er, weil er es kaum runterbekommt. »Ja, so bin ich! Mystisch, machtvoll, majestätisch, ein Menschenfreund!«

Während er sich selbst in den Himmel lobt, zaubert er eine Flasche Wein aus dem Ärmel. Das bringt wiederum mich zum Grinsen.

Im Grunde hat sich nichts geändert. Mein Leben ist so melancholisch wie die *Placebo*-Songs, die aus der Stereoanlage schallen. Eine grau glänzende Endlosspirale aus Lethargie, Zweifeln und Schicksalsschlägen. Ich bin mir sicher, dass ich im nächsten Leben auch nicht klüger sein werde. Gott und die Welt in Frage zu stellen, das ist einfach mein Ding. Ich werde wieder zweifeln und leugnen, ein hoffnungsloser Atheist sein, weil ich stur und wütend bin. Damit komme ich zurecht, nichts anderes steht mir zu, aber es gibt Seelen, die Besseres verdient haben und trotzdem unweigerlich mit meinem bizarren Schicksal verbunden sind – das ist wirklich nicht fair, das macht mir zu schaffen.

»Was passiert mit ihr, wenn ich sterbe?«

»Ich behalte sie bei mir und irgendwann kommen wir dich abholen, um unser Glück wieder zu versuchen! Ein neues Leben, ein neues Spiel!«

»Aber wenn ich in der Hölle bin, dann ...«

»Du kommst nicht in die Hölle!«

»Als Sklave habe ich erst recht keine Chance und wenn ich mich umbringe, dann ...«

»Du wirst dich nicht umbringen! Hier, trink! Der Wein ist fast so alt wie ich!« Loki hält mir das Glas vor die Nase und ich höre auf nachzuhaken.

Er will mir nicht sagen, was er vorhat, aber ich weiß es. Er wird es kurz und schmerzlos machen, ich bin mir sicher.

»Kann ich auch ein Glas haben?«, fragt sie und streift sich die Haarsträhnen aus dem verheulten Gesicht.

Vielleicht sollte ich beleidigt sein, weil sie es so schrecklich findet, dass wir zusammengehören, aber ich könnte mir auch einen besseren Typen für sie vorstellen als einen gefallenen Engel im Körper eines ungebildeten Junkies. Wahrscheinlich hört sie sogar auf zu existieren, wenn sie wieder ein Teil von mir wird. Zum Glück werden wir das sowieso nie schaffen. Sie sollte die Beine in die Hand nehmen, abhauen und ihr Leben genießen.

Loki reicht ihr ein Glas und sie setzt sich auf den Teppich vor das Bett. Dort hat sie auch als Katze geschlafen – ich vermisse die gute, alte Zeit, als wir uns ständig alle gegenseitig umbringen wollten.

Wir betrinken uns. Ein einziges Glas von Lokis Wein reicht aus, um uns zu lachenden, makabre Witze reißenden Idioten zu machen, die der Gedanke an den Tod ein beschwipstes Grinsen kostet.

Der lallende Geist gibt eine halbstündige Rede zum Besten, in der er verspricht, sich nicht an meinem Kätzchen zu schaffen zu machen, während ich weg bin – dann schläft er ein.

Mir war nicht bewusst, dass ein Wesen wie er so etwas wie Schlaf überhaupt nötig hat, aber er schnarcht so zufrieden vor sich hin, als wäre das sein liebstes Hobby.

Ich bin nicht müde, wahrscheinlich kann ich mein ganzes Leben lang nicht mehr schlafen, aber das ist ja auch nicht mehr allzu lange. Nach Mitternacht läuft meine Zeit ab – jetzt ist es acht Uhr abends.

»Wird es lange dauern, dich wiederzufinden?« Sie hätte diese komische Frage mal lieber stellen sollen, als Loki noch wach war –

ich habe keine Ahnung von dieser Sache mit den Wiedergeburten.

»Ich weiß nicht.«

»Erkenne ich dich wieder?«

»Keine Ahnung. Wenn du Glück hast, sehe ich im nächsten Leben besser aus.«

»Ich will nicht, dass du anders aussiehst!«

»Ach, ich dachte, ich sehe aus wie ein Obdachloser.«

Betrunken und mit Zukunftsängsten im Hinterkopf hat sie keine Lust, sich auf alte Sticheleien einzulassen – schade.

Sie steht auf und fällt beinahe um, weil sie voll wie ein Wassertank ist. »Ich will mir deine Augen ansehen!«

Dieser Tonfall gefällt mir – sie klingt nicht mehr verzweifelt oder schuldbewusst, viel mehr wie meine Meisterin – meine betrunkene Meisterin.

Ich schubse Loki zur Seite, um ihr Platz zu machen. Er röchelt nur zweimal und schläft weiter.

Sie kniet sich auf das Bett und stützt sich dann auch mit den Händen ab. Vielleicht hält sie sich wieder für eine Katze, auf alle Fälle kommt sie genauso auf mich zu. Zwischen unseren Gesichtern lässt sie nur zwei Zentimeter Platz.

»Dasselbe Grün wie meine Augen!«

»Ja, liegt auch nahe, oder?«

Sie nickt und ich bemühe mich wirklich, ihr nicht in den Ausschnitt zu starren. Seit ihr vom Wein warm geworden ist und sie meinen Pullover ausgezogen hat, trägt sie nur noch Lokis schlecht genähte Negligé-Kleid-Konstruktion.

Ist es bedenklich, auf einen Teil von sich selbst scharf zu sein? Meine Flügel sehen aber auch gut aus! Außerdem ist sie mehr als das. Sie ist nicht ich, sie ist sie – ein eigenständiges Wesen, das nichts falsch gemacht hat. Sie verdient es nicht, mit meinem Schicksal verflochten zu sein.

»Hau lieber ab, such dir einen Freund und vergiss das alles hier!«, rate ich ihr.

Ihr Blick wird so unfassbar wütend, als ob ich ihr gesagt hätte, dass sie dick ist. »Selbst wenn du Uriel bist und ich nur aus einem abgeschlagenen Teil von dir entstanden bin, hast du mir nicht zu sagen, was ich zu tun habe! Jetzt bin ich ein Dämon und ich bleibe bei dir, solange ich will!« Sie lässt den Kopf auf meinen Schoß fallen und funkelt mich wütend an. »Du gehörst mir! Vergessen?«

Ich schüttle den Kopf und lasse zu, dass sie eine ihrer Hände um meinen Hals legt.

Sie drückt nicht zu, hält mich nur fest. »Mein Name ist Layla. Vergiss ihn nie wieder, sonst kratze ich ihn dir in die Haut!«

»Layla«, wiederhole ich.

Ihre Finger wandern von meinem Hals zu meinem Oberarm, hinunter bis zu meiner Hand. Sie greift sie und legt sie sich auf die Stelle ihres Körpers, unter der ihr Herz schlägt. Ihr weicher, warmer Busen hebt und senkt sich mit jedem ihrer Atemzüge. Meine Fingerspitzen gleiten über ihr Dekolleté, ein paar Sekunden, dann nehme ich die Hand wieder weg. Ich nutze das hier nicht aus, auch wenn mir danach wäre – sie ist eingeschlafen und ich hebe sie vorsichtig von meinem Schoß.

Ich schnappe mir mein Handy und ziehe die Decke über die beiden Mitglieder meiner Idioten-Gang. Mir kommt plötzlich eine Idee, die ich noch umsetzen muss, bevor ich abtrete. Sie spukt in meinen Kopf herum und sie ist gut, also mache ich mich auf den Weg.

»Schlaft euch aus. Ich bin pünktlich zur Hinrichtung zurück, versprochen.«

13

Mit Hilfe von ganz oben

Was macht man, wenn man weiß, dass man nur mehr eine Nacht zu leben hat? Heulen? Koksen? Tanzen? Schreien? Beten vielleicht, aber das wäre in meinem Fall ein Selbstgespräch, weil Gott zu sauer auf mich ist, um zuzuhören – wegen der Sache mit der Kiste.

Ich bin nicht anders als alle anderen Menschen, nur weil ich früher ein Engel mit einem komischen Namen war. Ich will nicht einsam sein, ich will nicht unglücklich sein und ich will nicht permanent über meinen Tod nachdenken. Ablenkung, ein paar unbeschwerte Stunden, jemanden, der Endorphine in mir freisetzen kann – das will ich!

Auf dem Weg zum Stadtrand werde ich wieder nüchtern. Es dämmert und der Mond ist schon aufgegangen. Ich sehe hoch in den Himmel und weiß plötzlich, wie es da oben aussieht: weiß, weitläufig, geruchlos und hell. Eigentlich wie in einer Privatklinik. Im Gegensatz dazu ist diese Welt unordentlich, bunt, stinkend und laut. Im Laufe meines Lebens habe ich sie bestimmt schon zigtausend-mal gedanklich verteufelt, und das, obwohl ich sie selbst erschaffen habe. Im Grunde war das Selbstkritik. Darin bin ich aber auch besonders gut: mich schuldig zu fühlen.

Es tut mir leid, dass diese Welt so verkorkst ist, und es tut mir leid, dass Layla sich an mich ketten will. Ja, ich behalte ihren Namen jetzt!

Mir tut noch vieles andere leid, aber ich höre auf, darüber nachzudenken, weil ich dort ankomme, wo ich hinwollte.

Der Parkplatz ist absolut leer. Das Bordell ist geschlossen, aber das ist auch gut so, denn ich bin absolut pleite.

In den letzten Tagen hatte ich eigentlich keine Zeit, an sie zu denken, aber ich habe es trotzdem gemacht. Unter anderen Umständen hätte ich sie schon früher angerufen und wiedergesehen, weil sie mir vorgaukeln konnte, dass ich glücklich bin. Jetzt sind die Umstände anders und meine Beine haben mich wie von selbst hergetragen.

Mein Telefonbuch ist überraschend voll für jemanden, der eigentlich keine Freunde hat. Ich erinnere mich natürlich nicht mehr an ihren Namen, aber ich weiß, dass sie mir ihre Nummer eingespeichert hat.

Ich finde den richtigen Kontakt, weil sie ›Sei Glücklich‹ als Nachnamen angegeben hat. Kiara Sei Glücklich.

Es läutet dreimal, dann geht sie ran.

»Sixten?«

Dass sie noch weiß, wie ich heiße, imponiert mir.

»Ja. Störe ich dich?«

»Nein! Schön, dass du anrufst!«

Ich hatte vergessen, wie rau ihre Stimme klingt.

»Hast du Zeit, oder …«

»Ja! Sicher! Ich muss nur …« Sie beendet den Satz nicht, aber mir wird wieder klar, dass sie eine Prostituierte und keine Balletttänzerin ist.

»Ich bin aber absolut pleite, ich denke, das solltest du wissen!«

»Brauchst du Geld? Soll ich dir welches mitbringen?«

»Äh … nein, danke.«

Das ist die seltsamste Unterhaltung, die ich jemals geführt habe – trotz aller ›Uriel und die Kiste‹-Dialoge.

»Du stehst draußen, auf dem Parkplatz, oder?«

»Ja.«

Wahrscheinlich sieht sie mich durch eines der Fenster.

»Warte kurz!«

Ich höre noch, wie sie losläuft, bevor sie auflegt.

Es dauert keine Minute, dann kommt sie durch die Vordertür. In meiner Erinnerung war sie immer schön, aber nicht so schön. Dieses Gesicht verdient das Adjektiv makellos. Ihre Haare sind verknotet und sie trägt Jeans und T-Shirt – keine Arbeitskleidung.

Das Lächeln, das sie im Gesicht hat, wird schwächer, je näher sie kommt. Als sie vor mir stehen bleibt, sieht sie schockiert aus.

»Was ist mir dir passiert? Du bist verletzt! Und du siehst krank aus!«

Ich schüttle den Kopf. Dass ich verletzt bin, kann ich nicht abstreiten – mein Gesicht ist voller blauer Flecken und Blutkrusten.

»Ich bin nicht krank.«

»Aber es geht dir schlecht!«

Auch das kann ich nicht abstreiten. Sie kommt noch einen Schritt näher und legt mir ihre Hand auf die Wange. Ich weiß nicht, wann eine Berührung jemals so gutgetan hat. Ich bin froh, dass mir eingefallen ist, dass ich herkommen kann.

»Ich dachte, du hättest vielleicht Lust, ein paar Stunden mit mir totzuschlagen.«

Sie nickt und nimmt mich dann an der Hand. »Komm. Wir gehen rein.«

Ich zögere, das merkt sie.

»Keine Sorge. Wir haben montags geschlossen. Niemand von den Besitzern ist hier. Nur ein paar Freunde, die auch hier leben.«

Im Inneren des Bordells ist es hell und still. Es sieht aus wie in einem leeren Restaurant. Die Atmosphäre ist ganz anders als beim letzten Mal – überhaupt nicht verrucht, eher unaufdringlich.

Zwei junge Frauen sitzen am Bühnenrand und spielen Karten. Sie sehen nicht aus wie Prostituierte, aber was sollen sie sonst sein.

Kiara erwidert ihre neugierigen Blicke und legt sich dann den Zeigefinger auf die Lippen. Sie sollen uns nicht verpfeifen, heißt das. Ich hoffe, sie halten wirklich die Klappe, ich will nicht, dass sie meinetwegen Ärger bekommt.

Sie zieht mich weiter, durch eine unscheinbare Tür, einen kahlen Gang entlang. Hinter der nächsten Tür wird es freundlicher. Die Wände sind orange gestrichen und überall stehen Pflanzen.

»Hier!« Sie bleibt vor einer Tür stehen, auf der ein Schild mit ihrem Namen hängt. Als ich mich umsehe, fällt mir auf, dass auf jeder Tür ein Name steht.

»Wohnen alle, die im Bordell arbeiten, hier?«

Mir kommt das seltsam vor, aber was weiß ich schon über die Gepflogenheiten im ältesten Gewerbe der Welt.

Sie nickt und bittet mich herein.

Ihr Zimmer ist nicht groß, aber hell. Ein riesenhafter Kleiderschrank, ein Einzelbett und ein Bücherregal – mehr steht hier nicht.

»Setz dich. Erzähl mir, was passiert ist. Möchtest du etwas trinken oder essen?«

Ich kann mich nur auf das Bett oder den Boden setzen, also wähle ich das Bett. »Nein, ich will nichts … nur … eigentlich will ich auch nicht reden!«

Was soll ich ihr auch sagen? Dass ich im Morgengrauen sterbe? Dass ich ein gefallener Engel bin? Dass bei mir zuhause ein Geist und mein linker Flügel ihren Rausch ausschlafen?

»Dir geht schon wieder so viel im Kopf herum«, stellt sie fest und kniet sich vor mir auf den Boden. »Ich dachte, du wolltest versuchen, fröhlicher zu werden …«

»Der Schuss ging nach hinten los.«

Ich kann Emma und ihre Liebe zu Floskeln plötzlich verstehen. Das ist leichter, als eigene Worte zu finden.

Sie legt ihr Kinn auf meinen Oberschenkel und mustert mich mit ihren großen, hellbraunen Augen.

»Entspann dich. Stress dich nicht. Lass uns tun, was dir gefällt, und aufhören, wenn du aufhören willst.«

Derselbe Satz wie damals. Ich bin ihr so unendlich dankbar dafür!

Sie liegt auf mir, das Ohr an meine Brust gedrückt. Ich fahre mit dem Zeigefinger ihre Wirbelsäule entlang – auf und ab, ganz langsam.

»Dein Herzschlag hat sich wieder beruhigt«, sagt sie und haucht mir einen Kuss auf den Hals.

»Ja, ich bin etwas aus der Puste gekommen!«

Sie schüttelt den Kopf. Ihre Haare sind noch ganz zerzaust, aber das ist süß. »Nein, das meine ich nicht. Dein Herz hat am Anfang ganz schwer geschlagen, jetzt schlägt es leichter.«

Ich schließe die Augen und horche in mich hinein. »Ja. Du lässt es mich leichter ertragen – danke.«

In mir ist es wirklich stiller – keine Angst, keine Wut, nur leise Schuldgefühle.

»Willst du mir jetzt erzählen, was dich so verzweifeln lässt? Vielleicht kann ich dir helfen …«

Ich lege meine Arme um sie, bevor ich uns beide auf die Seite drehe. Das hölzerne Bettgestell knarrt wieder. Ich bin mir sicher, dass man uns vorhin bis zur Bühne gehört hat. »Schmeiß mich einfach noch nicht raus, damit hilfst du mir schon.«

Es ist halb elf. Ich will wirklich nur hier bleiben und sie im Arm halten – als wäre ich ein hirnrissiger Romantiker mit Stalker-Tendenzen. Das sieht mir eigentlich nicht ähnlich, aber ich bin süchtig nach ihr und sie ist fasziniert von mir, also ist es in Ordnung.

Mir wird etwas seltsam zumute, weil meine Gedanken sprunghaft werden.

Ich will sie nicht loslassen, weil ich mich wohl bei ihr fühle oder weil ich glaube, sie zu brauchen.

Warum bin ich eigentlich hergekommen?

Weil jeder Mann auf dieser Welt nochmal Sex haben will, bevor er stirbt?

Eigentlich bin ich nicht so. Eigentlich hätte ich mich volldröhnen sollen – ich liebe meine Drogen doch!

Es fühlt sich an, als hätte ich die Entscheidung herzukommen gar nicht selbst getroffen. Ich glaube gerade daran, dass ich hier sein muss. Jemand hat mich hergeführt, um mir eine Chance zu geben. Jemand hat mir Layla geschickt, um mir eine Chance zu geben. Aber dieser Jemand könnte auch einfach nur seine Scherze mit mir treiben – oder ich bin endgültig durchgeknallt – auch eine Option!

»Was ist los? «, fragt sie. »Du bist schon wieder so unruhig …«

Ich starre sie an. Mir fällt etwas auf, das meinen Herzschlag noch weiter beschleunigt. »Wir haben dieselbe Augenfarbe, oder?«

Sie neigt den Kopf etwas und sieht in mein linkes Auge. »Ja.«

Ich steige aus dem Bett und ziehe mich an, weil ich nackt nicht denken kann.

Layla war ein Teil von mir und ist jetzt ein Dämon. Der andere Teil ist im Himmel geblieben und muss demnach …

»Bist du ein Engel?«

Sie schlingt sich schnell die dünne Decke um den Körper und steht auf. Ihre Hände zittern. Ich habe einen Nerv getroffen – ich habe den Nerv getroffen! Sie sieht plötzlich so aus, als hätte sie Angst vor mir, das wollte ich nicht, aber diese Frage nicht zu stellen, wäre hirnrissig gewesen.

»Kommst du, um mich zu töten? Bist du einer von Sariels …«

»Nein!« Ich raufe mir die Haare, weil kein Mensch so abartig viel Glück haben kann – zumindest nicht ohne Hilfe von ganz oben. Ich fühle mich plötzlich beobachtet. »Ich gehöre nicht zu Sariel! Sariel ist ein verdammtes Arschloch und ich bin …« Was bin ich eigentlich? »Ich bin ein Todsünder!«

Genau, so war das. Das bin ich.

Sie sieht mich an, als würde mir eine Axt im Gesicht stecken. »Was ist passiert?«

Mir wird schlecht und ich glaube, ich muss mich übergeben, also sacke ich in die Knie. »Ich habe einem kleinen Jungen seinen Glauben genommen – weil ich gekränkt war, von Gottes Strafe für mich. Ich habe alles verleugnet und Alvin damit in die Hölle gebracht! Er starb an Krebs, aber es ist meine Schuld, dass er …«

»Schon gut.« Sie geht neben mir auf die Knie und legt ihre Hände um mich.

Ich bin mir so sicher, dass sie es ist, dass ich vor Aufregung kaum Luft bekomme. Deshalb war sie von Anfang an so fasziniert von mir.

»Du hast einen Engel gesucht, um deine Seele reinzuwaschen?«

»Ja.«

»Ich kann das tun! Ich kann dir vergeben, weil ich weiß, dass du ein guter Mensch bist, sonst würde ich dich nicht so sehr …«

»Nein!«

Sie soll es nicht sagen, weil ich damit nicht umgehen kann, und sie soll mir keine Absolution erteilen!

»Wenn du das machst, findet Sariel dich und bringt dich um! Außerdem hilft es Alvin kein Stück!«

Ich kann mich daran erinnern, was Layla gesagt hat. Absolution zu erteilen, wäre für einen Engel gleichbedeutend damit, Selbstmord zu begehen. Sie soll nicht für mich sterben, ich will mein Gewissen reinwaschen und es nicht mit Blut besudeln.

»Es macht mir nichts aus! Ich bin aus einem bestimmten Grund hier! Engeln ist es verboten, den Himmel zu verlassen, aber ich musste hierherkommen, weil ich etwas gesucht habe! Ich wusste nicht, was, aber du bist aufgetaucht und ich war mir sicher, dass ich deinetwegen hier bin! Ich bin nur hier, um dir zu helfen, Sixten!«

Nein, sie ist hier, weil uns jemand plötzlich zu Magneten gemacht hat, die sich gegenseitig anziehen. Sie ist nicht hier, um für mich zu sterben, sie will bei mir sein, aber das weiß sie nicht, weil sie meine Geschichte nicht kennt – ihre Geschichte.

»Um Absolution muss man bitten und ich werde dich nicht darum bitten!«

Ich stehe auf und verdränge, dass ich gerade wie ein apathisches Kleinkind am Boden gehockt habe.

Eigentlich müsste jetzt alles gut werden.

Ich bin ein verdammter Erzengel und Sariel kann mich am Arsch lecken! Ich kann zurück in den Himmel, weil Gott mir vergeben hat.

Wieso fühle ich mich trotzdem so mies?

Ich weiß, warum. Weil ich mir selbst nicht vergeben kann. Nicht die Sache mit der Kiste, sondern die mit Alvin. Er schmort in der Hölle, weil er mir geglaubt hat. Ich bin mir sicher, dass er dort ist, sonst wäre mein Gewissen nicht so erdrückend schwer. Ich wusste es von Anfang an, aber ich habe es verdrängt, weil ich ein Egoist bin! Der Mist, den Uriel gebaut hat, wurde ihm vielleicht verziehen, Sixtens Scheiß schwebt aber noch über mir.

»Ich kann mir nur selbst vergeben, wenn Alvins Seele in den Himmel kommt! Absolution hin oder her!«

Sie nickt vorsichtig. Wahrscheinlich klinge ich wie ein nervenschwacher Irrer – wenn das so ist, überspiele ich meine Nervosität wirklich gut!

»Weißt du, wie ich seine Seele aus der Hölle bekommen kann?« Jetzt kann ich diese Frage stellen, jetzt habe ich eine Chance auf Erfolg.

Ich muss irgendetwas für ihn tun können, sonst bleibe ich auf ewig ein Sünder und hasse mich selbst!

Ich wäre bereit, die ganze verdammte Hölle abzusuchen oder einzureißen – je nachdem was schneller zum Erfolg führt.

»Menschliche Seelen in den Himmel oder in die Hölle fahren zu lassen, ist Sariel vorbehalten. Er regelt alles, was mit den Menschen und dieser Welt zu tun hat. Wenn du ihn bittest …«

»Sariel?!« Ich unterbreche sie, weil das, was sie mir vorschlagen will, sowieso sinnlos ist.

Ich kann Sariel um nichts bitten, schon gar nicht um einen Gefallen. Soll das Ganze ein Witz sein? Ich kann plötzlich meine verdorbene Seele retten, ein Erzengel werden, aber Alvin nicht retten?

»Ja. Ich kenne sonst niemanden, der das könnte.«

»Selbst ein Erzengel nicht?«

Sie sieht mich überrascht an. »Du meinst, ein Engel wie Michael?«

»Ja, oder Uriel.«

Sie hält kurz den Atem an, wahrscheinlich weil sie glaubt zu wissen, dass Uriel tot ist. »Ich denke nicht. Ihnen wurde keine Macht über menschliche Seelen gegeben – Sariel schon.«

»Na toll!«

Alles in mir, was eben noch glücklich und erleichtert sein wollte, fällt in sich zusammen. Was bringt mir alle Macht der Welt, wenn jemand meinetwegen ewig leidet?

Ich streife mir den Pullover über und reiche ihr ihre Unterwäsche. Sie nimmt sie nicht an, weil sie gedankenverloren ins Leere starrt.

»Ich könnte dir helfen, mit Sariel zu reden! Vielleicht lässt er mit sich verhandeln …«

Was sie gesagt hat, lässt mich aufhorchen und mein Hirn wieder rattern.

»Verhandeln …«, wiederhole ich tonlos.

Es gibt tatsächlich etwas, dass ich einzutauschen habe – etwas, mit dem ich sowieso nichts anfange, wenn ich nicht wieder gutmachen kann, was ich angerichtet habe.

»Würdest du mich wirklich begleiten?«, will ich wissen.

Sie nickt, ohne zu zögern, obwohl sie zu diesem Zeitpunkt noch davon ausgehen muss, dass ein Zusammentreffen mit Sariel für sie tödlich enden wird. Vielleicht glaubt sie sogar, ich will sie gegen Alvins Seele eintauschen.

»Dir wird nichts passieren, das verspreche ich dir!«

Ihr Blick schweift zu Boden, weil sie glaubt, mein Versprechen sei so leer wie meine Taschen, aber das stimmt nicht. Jetzt sitze ich wirklich am längeren Hebel, auch wenn alles ganz anders enden wird, als ich gedacht hatte.

Ich bitte sie darum, mitzunehmen, was ihr wichtig ist, und sich trotzdem zu beeilen, weil mir die Zeit davonläuft. Wenn mein Plan aufgeht, wird sie nicht wiederkommen, aber das ist auch gut so.

Jede Prostituierte in diesem Bordell ist ein Engel oder ein Dämon. Die Organisation, die sie hergebracht hat und ausnutzt, dass sie eigentlich nicht hier sein darf, heißt Estira.

Ich finde es furchtbar, was sie auf sich genommen hat, um ihrer Intuition zu folgen. Sie hat ihren Körper verkauft, um einen verwirrten Junkie zu finden, der früher mal ein ungeschickter Erzengel war. Davon erzähle ich ihr nichts. Sie soll nicht wie Layla glauben, sie müsse den Rest ihres Lebens dafür opfern, mir aus der Patsche zu helfen. Sie tut jetzt schon viel zu viel für mich.

»Was für einen Handel willst du Sariel anbieten?«

»Einen, den er nicht ausschlagen kann!«

»Erzählst du mir, wer du wirklich bist?« Sie ist still und zurückhaltend, aber nicht dumm.

»Besser nicht.«

Sie schweigt. Mein Engel ist bei weitem nicht so neugierig und aufdringlich wie mein Dämon – zum Glück.

14

Flügellos

Als wir vor meinem Haus ankommen, schlägt die Uhr Mitternacht.

»Komm rein, du kannst die Schuhe anlassen, das spielt keine Rolle mehr«, sage ich.

Sie zieht sie trotzdem aus.

Bevor ich sie mit nach oben nehme, bereite ich sie ein wenig vor.

»Da oben schlafen ein Dämon und ein Geist. Sie sind beide etwas seltsam, aber sie wollen mir nur helfen – ich traue ihnen.«

»Dann traue ich ihnen auch.«

Nichts anderes habe ich von ihr erwartet. Sie ist viel zu gut für mich. Ich hasse mich dafür, dass ich sie überhaupt dieser Situation aussetze, aber mir bleibt keine andere Wahl. Layla will ich das auch nicht antun, aber ich brauche sie beide, sonst bekomme ich nicht, was ich will – der Egoist hat gesprochen.

Sie bleibt hinter mir stehen und starrt auf das Bett, in dem Loki und Layla den Schlaf der Betrunkenen schlafen.

»Aufwachen! Planänderung! Wir rufen Sariel! Jetzt!«

Ich bin so ungeduldig, weil gerade der vierte Tag anbricht und ich nicht weiß, wann der Seelensammler auftaucht. Wenn der Typ kommt, geht mein Plan den Bach hinunter.

Layla schlägt zuerst die Augen auf und blinzelt mich verwirrt an. Loki wacht erst auf, als ich ihm die Decke wegziehe.

»Werdet wach! Es folgt der große Showdown und der endet nicht damit, dass Loki mir hinterlistig das Genick bricht!«

»Ich würde dir nie das Genick brechen. Ich werde dir etwas sehr Schweres auf den Kopf fallen lassen!«, entgegnet er gähnend.

»Ruf Sariel! Ich will mit ihm reden!«

Es hat keinen Sinn mehr, es aufzuschieben. Meine Entscheidung steht fest und ich werde sie mir von niemandem ausreden lassen.

»Wer ist sie?«, will Layla wissen und verfinstert den Blick.

»Dein Gegenstück«, antworte ich und mache damit alle schlagartig wach.

Loki steht nicht einfach nur auf, er springt aus dem Bett und packt Kiara am Arm, um sie zu begutachten.

»Der Engel?! Dein Engel?! Du hast sie gefunden?! Wann?! Wo?! Wie?! Du glücklicher Bastard!«

»Sie hat mich gefunden, aber egal. Ich muss mit Sariel reden, bevor der Seelensammler auftaucht! Es ist nach Mitternacht, meine Zeit ist abgelaufen!«

Laylas Blick wechselt von finster zu erschrocken, als sie auf die Uhr sieht. »Wieso hast du zugelassen, dass wir einschlafen?!«

»Um mich davonzuschleichen und Sex mit mir selbst zu haben!«, blaffe ich zurück, weil wir keine Zeit mehr haben, um uns gegenseitig Vorwürfe zu machen.

Kiara lässt die verwirrenden Dialoge schweigend über sich ergehen. Vielleicht hat sie sich aber schon längst einen Reim aus der Sache gemacht. Ich weiß nicht, ob es sich für die beiden so anfühlt wie für mich, aber ich weiß jetzt erst, wie unvollständig ich war, weil ich mich zum ersten Mal seit Urzeiten ganz fühle.

Loki springt im Zimmer herum und jubelt wie ein Geisteskranker. Ich muss ihn an den Schultern packen, um ihn ruhigzustellen.

»Hör mir zu!«

»Ich höre, mein Freund!«

»Ruf Sariel für mich und versprich mir, dass – egal was passiert – du dich um meine Flügel kümmerst!«

Er neigt fragend den Kopf und grinst dann. »Du willst dich an ihm rächen?! Schön! Ich danke dem Herrn, dass ich das erleben darf! Seine Wege sind wirklich unergründlich!«

Ja, meine Wege auch.

Loki schließt die Augen und beginnt Sariel zuzuflüstern, dass Uriel ihn erwartet. Das stimmt nicht, Sixten erwartet ihn, aber dann würde er wahrscheinlich nicht kommen.

»Was passiert jetzt mit uns?« Ihre Stimme ist tonlos und trotzdem schwingt die Angst ganz deutlich in ihr mit. Layla sieht mich an, als würde ich sie gleich ausradieren.

»Mach dir keine Sorgen. Euch passiert nichts.«

»Was heißt das?! Was hast du vor?!«

Ich würde ihr selbst dann keine Antwort geben, wenn die Luft sich nicht plötzlich wie bei großer Hitze brechen würde.

Sariel taucht auf und seine Augen sind so groß wie der Vollmond.

»Hahaha! Willkommen zu deiner Hinrichtung! Wer ist jetzt der Narr, du arroganter, korrupter Bastard!«

Während Loki Drohungen ausspricht, verstecken sich Layla und Kiara hinter mir. Sie haben Angst vor Sariel, obwohl er nur starrt, als würde ein Bus auf ihn zurasen.

»Hör mir zu!« Irgendetwas lässt meine Stimme fremd und heroisch klingen. Ich könnte mich jetzt selbst verlieren und diese aufsteigende Hitze zulassen, aber ich darf nicht, ich muss ich bleiben.

»Du weißt, dass ich dich töten kann und selbst wenn ich es nicht tue, wirst du mich für den Rest der Ewigkeit hassen wie die Pest!«

Er nickt vorsichtig.

»Aber du hast etwas in der Hand, was mir wichtig ist, und wir könnten einen Deal vereinbaren!«

Seine steife Haltung entspannt sich ein wenig. Er verschränkt die Arme vor der Brust. »Lass hören!«

Loki hat aufgehört, im Kreis zu hüpfen und starrt mich an, als ob ich gleich durchdrehen würde.

»Es gibt eine Menschenseele in der Hölle, die du in den Himmel schicken musst!«

Er schnaubt. »Wieso sollte ich?!«

»Weil ich dir dafür erlaube, uns wieder zu trennen!«

Loki fällt auf die Knie. »BIST DU VERRÜCKT!?«

»Nicht mehr als sonst.«

»Töte ihn! Beende deine Strafe!«, ruft Loki.

»Nein«, entgegne ich. »Sonst kann ich nie wieder gutmachen, was ich Alvin angetan habe!«

»Das stimmt!«, erklärt Sariel, der gerade wieder zu neuem Selbstbewusstsein gelangt ist. »Seelen auffahren zu lassen, ist mir vorbehalten!«

»Ich weiß, aber es gibt Bedingungen für unseren Deal!«, stelle ich klar.

Sein Gesicht verfinstert sich wieder. »Welche?«

»Du lässt Alvins Seele sofort aufsteigen! Ich will es sehen! Und die beiden bleiben hier auf der Erde!« Ich deute hinter mich.

Die beiden können nichts sagen – Layla bohrt mir aber ihre Fingernägel in den Unterarm.

»Was bringt mir das?! Nur einen Aufschub! Ihr könntet euch wiederfinden!«, grollt er.

»Du kannst unsere Erinnerungen löschen! Wähle! Leb mit dem Risiko oder stirb hier und jetzt durch meine Hand!«

Da ist etwas furchtbar Grausames in mir, dass ihn dieses Ultimatum gar nicht stellen möchte - Uriel.

Meine eigene Stimme ängstigt mich, den Menschen in mir, der immer leiser wird, je länger ich mich so ganz fühle.

»WÄHLE!« Ich kann lauter brüllen als der Löwe, selbst Loki schreckt zurück.

»NA SCHÖN! Aber dieser Körper wird sterben!« Er zeigt auf mich. »Du wirst wiedergeboren! Irgendwo auf dieser Welt! Der Narr wird dich nicht finden und ohne ihn bleibst du ein kümmerlicher, labiler Klumpen Fleisch!«

»Nein! Mach das nicht! Das ist dumm!« Loki stürmt auf mich zu.

Ich strecke die Hand nach ihm aus und es überschlägt ihn. Ich kann nur erahnen, wozu ich in der Lage wäre, wenn ich wieder Flügel hätte. Irgendetwas in mir dürstet nach dieser Macht und bevor mein Durst zu groß wird, willige ich ein.

Wir besiegeln unseren Deal mit einem Handschlag, der sich anfühlt, als würde ein Blitz in unsere Handflächen einschlagen.

Sariel macht einen Schritt zurück und schließt die Augen. Während er nach der richtigen Seele sucht, schenke ich Loki entschuldigende Blicke.

Er erwidert sie nicht, sieht weg, weil er mich nicht versteht und gekränkt ist.

Es tut mir leid, dass er erst jetzt merkt, dass ich ein sturer Idiot bin, aber er hat seine Schuld bei mir endgültig abgedient. Er kann weiterziehen und ein neues Sodom und Gomorra erschaffen oder richtig nähen lernen. Niemand steht mehr in meiner Schuld und niemand soll mehr mein Schicksal teilen. Weder Kiara noch Layla, die beide nicht sprechen und sich kaum rühren können, weil sie an mir haften wie Magnete.

Ich will ihre Existenz nicht ausradieren, nur um etwas zu werden, das mir fremd geworden ist. Außerdem werden sie ohne mich glücklicher.

»Hier! Die Seele, die du wolltest!« Sariel hält diesen blauen Feuerball in der Hand, von dem ich weiß, dass er Alvin ist. Ich kann sehen, wie er dorthin steigt, wo er immer hingehört hat.

»Und jetzt die Flügel!« Er streckt die Hand nach Kiara aus, aber ich schlage sie weg.

»Nimm ihnen die Erinnerung, den Rest mache ich!«

Als würde ich diesem Bastard über den Weg trauen. Ich weiß, dass ich sie wegschicken kann – irgendwohin, wo weder Sariel noch ich sie wahrscheinlich jemals finden werden.

Er beißt sich auf die Unterlippe und streckt dann wiederwillig die Hände nach den beiden aus. Er berührt sie nicht, aber sie werden bewusstlos und würden zusammensacken, wenn ich sie nicht halten würde.

»Schick sie weg!«

Ich tue es einfach – weil ich schlecht darin bin, Abschied zu nehmen, selbst rein gedanklich. Mit ihnen verschwindet alles, was stark, grausam und mutig in mir war, und ich falle auf die Knie. Loki löst sich vor meinen Augen in Rauch auf und ich bin endgültig mit Sariel allein.

Gleich ist alles vorbei und Sixten ist Geschichte. Für einen manisch-depressiven Junkie habe ich mich nicht schlecht geschlagen! Die Haltungsnoten fallen vielleicht etwas niedrig aus, aber für die selbstlose Showeinlage am Ende habe ich Bonuspunkte verdient! Ganz so farblos war mein Leben doch nicht und ich trete zumindest mit Knalleffekt ab! Wer kann schon sonst behaupten, von einem irren Engel enthauptet worden zu sein?

Game over

Ich wache auf, weil es in meinem Zimmer so kalt ist, dass mir im Schlaf beinahe die Eier abgefroren sind. Das Balkonfenster steht sperrangelweit offen und ich habe sofort das nervenschwache, neue Hausmädchen im Verdacht, das wahrscheinlich die Flucht ergriffen hat, weil im Wald vor dem Anwesen wieder einmal ein Fuchs hörbar ins Gebüsch gekackt hat.

Gutes Personal kriegen wir nicht, weil jeder Mensch, der noch alle Tassen im Schrank hat, vor meiner Mutter davonläuft, bevor die Tassen psychotisch bedingte Sprünge bekommen.

Als ich das Fenster schließen will, hüpft eine Krähe vom Balkongeländer und bleibt vor mir stehen. Ich mag Vögel, aber ich kann sie mir nicht halten, weil meine Katze sie frisst. Die Krähe neigt den Kopf und ich muss schmunzeln.

»Dann komm eben rein! Du siehst aus, als hättest du etwas zu erzählen!«

Spiel neu starten

 Epilog

Loki zu Uriel: Süßer als deine Einsamkeit ist nur mein Entzücken! Entzücke mich, Engel, und sag an, was dir beliebt!

Uriel zu Loki: Zieh weiter, närrischer Geist! Die Einsamkeit steht mir gut, denn der Herr hat sie mir geschenkt.

Loki zu Uriel: Asche, aus schöner Hand gegeben, bleibt Asche! Der Herr gab dir eine alte Kiste und Abgeschiedenheit. Du kannst es Segen nennen, aber diese Hallen sind einschläfernd und das Holz in deiner Hand fault. Lass mich dir ein Lächeln entlocken, es wird dir keine Schmerzen bereiten!

Uriel, naserümpfend zu Loki: Was weiß der Narr von Pflichten? Zieh weiter, umtriebiger Geist!

Loki, zwinkernd zu Uriel: Deine Einsamkeit wird nicht zum Kläger werden. Lass uns ein Spiel spielen. Wenn du lachst, erfährt es niemand außer mir! Du hast mein Wort, Engel!

****

Uriel, irgendwann später zu Loki: Beim heiligen Schoß Gottes! Denkst du, sie ist heil geblieben?

Loki: Nein. Und ich war nie hier. Wenn Gott deiner Seele gnädig ist, besuche ich dich wieder. Jetzt laufe ich weg. Viel Glück, ungeschickter Cherub. Mögest du schneller fliegen als der Untergang, den du vielleicht entfesselt hast! Gehab dich wohl, mein Freund!

◉ Dank

Danke an Jennifer Sarah Resch, die all meine Tagträume kennt und sie mit mir teilt, anstatt mich einweisen zu lassen.

Danke an meine Mutter, die sich damit abgefunden hat, dass ich in diesem Leben wohl keinen vernünftigen akademischen Grad mehr erreichen werde und die mittlerweile grinsend zugibt, dass ihre Tochter Schriftstellerin ist.

Danke an Corinne und Andi, dafür, dass sie großartige Menschen sind, die es möglich gemacht haben, dass diese Zeilen überhaupt gelesen werden können.

Danke an meinen Andi, der akzeptiert, dass ich für mindestens zwanzig fiktive Männer schwärme.

Und natürlich danke an alle Leser, die meinen Figuren Sendezeit in ihrem Kopfkino schenken!

Ihr alle seid der Grund dafür, warum ich jeden Abend vor dem Einschlafen lächle - DANKE!

Fan werden:

✶ Facebook: www.facebook.com/JRWelsch
✶ Homepage: www.jasminromanawelsch.com

Bonusmaterial

Jasmin Romana Welsch

1) Das sagt die Autorin über sich und das Schreiben

2) Blogger fragen – Jasmin Romana Welsch antwortet

1) Das sagt die Autorin über sich und das Schreiben

Jasmin Romana Welsch ist kein Pseudonym, sondern ein überdurchschnittlich langer Name, mit dem man in der Schule nie an die Tafel gerufen wird. Freunde nennen einen dann Jasi, Romi, oder Smin – auf alle Fälle hat man genügend Rufnamen und somit Raum für ein paar mehr Persönlichkeiten, die im Rahmen des kreativen Schaffens möglicherweise irgendwann bei einem vorstellig werden – tendenzielle Schizophrenie lässt Autoren vielseitige Protagonisten entwerfen, oder?

Zurzeit bin ich aber nur ein Ich und sechsundzwanzig Jahre alt. Mein erstes Buch verfasste ich im zarten Alter von elf Jahren, konnte aber leider keinen Verlag ausfindig machen, der bereit gewesen wäre »mein schönstes Ferienerlebnis« in sein Sortiment aufzunehmen. Diesen Rückschlag im Hinterkopf, fand ich erst im Teenageralter zurück zum kreativen Schreiben, eine Obsession, der ich bis zum heutigen Tag hörig bin.

Ich sollte an dieser Stelle all die fantastischen Autoren aufzählen, die meine Liebe zu Worten geweckt haben. Meine belletristische Reise begann mit Astrids Lindgrens »Ronja Räubertochter«, eine Geschichte die mich in Kindertagen fasziniert und inspiriert hat. Erwähnung finden sollte auch der ehemalige Jugendbuchautor Christian Bieniek, dessen Bücher und Humor dazu beigetragen haben, dass ich mich heute gerne daran versuche, Lesern meiner Geschichten ein Schmunzeln abzuringen. Da ich der Meinung bin, dass dosierte Schwermütigkeit ebenfalls seinen Reiz hat, schreibe ich auch gerne Geschichte mit dramatischem Einschlag, eine Vorliebe zu der vor allem Irina Korschunows »Die Sache mit Christoph« beigetragen hat.

Wenn ich nicht schreibe, lebe ich übrigens in Österreich, genauer gesagt in der Steiermark – grün, hügelig und dialektlastig. Wir schütten dort mit Vorliebe schwarzes Öl auf unser Vanilleeis und bauen Museen für Bodybuilder, die es geschafft haben, die Amerikaner davon zu überzeugen, dass sie einen guten »Gouverneur« abgeben würden.

Ich habe einen Hund und einen MP3-Player – mit beiden bin ich gerne und oft im Freien, auch bei Schlechtwetter, weil das Tier noch immer nicht gelernt hat, bei Glatteis nicht zu urinieren.

Mein Musikgeschmack ist weit gefächert, ich würde aber Rock antworten, wenn jemand mich mit vorgehaltener Waffe dazu zwingen würde mein Lieblingsgenre zu benennen.

Ich habe zwei Jahre lang Japanisch studiert, um heute Sätze wie, »Die Katze die unter dem Tisch hockt ist meine«, im höflichen und einfachen Sprachstil von mir geben zu können. Meine Liebe zur japanischen Pop-Kultur ist aber, trotz Kapitulation vor der Komplexität der japanischen Sprache, ungebrochen.

Um Ihnen auch kurz eine etwas seriösere Seite von mir zu präsentieren: Ich habe fünf Jahre lang Rechtswissenschaften studiert und kann über die Subsumtion als Werkzeug der juristischen Interpretation diskutieren ohne dabei einzuschlafen – meistens.

Ich hoffe, ich habe keine Fragen zu meiner Person unbeantwortet gelassen und kann Sie mit dem Gefühl entlassen, dass Sie jetzt mehr über mich wissen, als Sie jemals wissen wollten.

Mit herzlichem Dank für Ihr Interesse darf ich mit einem Zitat von Ernest Hemingway schließen:

»Lesen Sie einfach alles, was ich schreibe, um des reinen Vergnügens willen. An dem, was Sie darüber hinaus finden, lässt sich messen, was Sie selbst eingebracht haben.«

Jasmin Romana Welsch

2) Blogger fragen – Jasmin Romana Welsch antwortet

Unsere Sternensand-Blogger haben Jasmin Romana Welsch einige Fragen gestellt. Viel Spaß mit dem vollständigen Interview!

Desiree vom Blog »Eine Leidenschaft für Bücher«

Das Buch vereint ja einiges! Wie kam Dir die Idee über Drogenabhängigkeit und Übersinnliches zu schreiben? (mit Übersinnliches ist gemeint: Dinge die wir nicht erklären können)
Sixtens Plot entspringt, wie schon erwähnt, einem mehr oder weniger seltsamen Traum. Die Engelsthematik begleitet mich als Schriftstellerin aber schon lange und ich liebe es religiöse bzw. spirituelle Fragen oder Themen in meinen Geschichten zu behandeln. Die Mischung aus »modernem«, menschlichen Problemthema und »übersinnlichen« Verflechtungen hat mich einfach angesprochen. Wenn ich Protas schreiben darf, die ihren menschlichen Abgründen mit einem Zwinkern begegnen und sich dabei nicht nur ihren eigenen, sondern auch »echten« Dämonen stellen, macht mir das großen Spaß! ☺

Warum eine Katze? (musste echt anfangs schmunzeln)
Eine sehr, sehr berechtigte Frage, zumal ich eigentlich ein Hundemensch bin. Sixten hat aber wohl eine gewisse Liebe zu den Samtpfoten und ich kann meinen Charakteren nur selten eine Vorliebe oder einen Wunsch abschlagen. ☺ Eine Katze passte irgendwie zu ihm und sie hat ein tolles »Gegenstück« zur Krähe dargestellt.

Was brauchst Du zum Schreiben und was inspiriert Dich?
Musik. Musik. Musik. Ich höre so ziemlich jedes Genre und lasse mich schnell von einer Stimmung mitreißen. Die Ideen zu den meisten meiner Geschichten kommen mir, während ich mit Stöpseln im Ohr grinsend ins Leere starre. ☺

Doris vom Blog »Thoras Bücherecke«

Hast Du einen »Kraftplatz«, wo Du Dich entspannst und neue Kraft für Deine Babys (Bücher) tankst?
Ich bin unglaublich gerne bei meiner besten Freundin. Egal, ob wir Plots planen, über den Alltag schwadronieren oder uns zum achttausendsten Mal dieselbe Geschichte aus unserer Kindheit erzählen, es macht mir immer so viel Spaß, dass ich mich danach wie ein neuer Mensch fühle.

Ist es sehr schwierig als österreichische Autorin auf dem deutschen Markt Fuß zu fassen?
Meiner Erfahrung nach nicht. Die wenigsten Leser wissen vom ersten Moment an, dass sie gerade das Buch einer österreichischen Autorin lesen. Es fällt aber ab und an wohl auf, wenn ich Wörter verwende, bei denen man als Deutscher Leser nur den Kopf schüttelt und sich fragt, ob ich denn nicht rechtschreiben kann. Austriazismen werden sich bei mir wohl immer wieder einschleichen, auch wenn meine Lektorin mittlerweile sehr gut darauf achtet. Wundert euch also nicht, wenn ihr bei mir Dinge lest wie: Kassa statt Kasse, Mist statt Müll, Jänner statt Januar, schlichten statt stapeln und Adventskalender ohne »s« (die Liste könnte ich noch lange fortsetzen ... ☺). Ich habe keine Lernschwäche, ich komme nur aus dem Land der Berge.

Haben die Handlungsschauplätze einen Bezug zur Realität?
Ich habe beim Schreiben immer konkrete Orte oder Schauplätze vor Augen. Warum ich trotzdem selten Namen nenne oder genaue Beschreibungen mache, liegt daran, dass ich gerne möchte, dass meine Geschichten überall dort spielen können, wo meine LeserInnen sie spielen lassen wollen.

Jasmin vom Blog »Bücherleser«

Was war Deine Inspiration zu Sixten und seiner doch etwas tragischen Geschichte?

Ein Traum. ☺ Ab und an passiert es, dass ich von vollkommen befremdlichen aber spannenden Plots träume. Sixten und sein Schicksal hatten eine konfuse nächtliche Vorstellung in meinem Traumkino und als ich am nächsten Tag wach wurde, wollte ich diese etwas düstere, bedrückende aber doch irgendwie komödiantische Geschichte unbedingt zu Papier bringen.

Du sagst ja selbst, dass Du einen Nerd in Dir beherbergst. Womit fütterst Du ihn heutzutage? Welche Games, Serien etc. lassen Dein Nerdherz heute höher schlagen?

Der Nerd in mir freut sich regelmäßig über die Möglichkeit alte Animes streamen zu können. Ich bin ein großer »Sailor Moon«-Fan und sehe mir auch immer noch gerne »Dragon Ball« an (habt ihr den neuen Film schon gesehen? Kampf der Götter? Genial! ☺). Als Mangaka verehre ich Kaori Yuki und ihre »Angel Sanctuary«-Reihe. Spieletechnisch bin ich wahrscheinlich ein Mainstream-Gamer. Mein Lieblingstitel ist »Final Fantasy X« und ich zocke noch immer jede neue »Pokémon«-Version. Ich gehe aber auch ab und an mal unter Menschen und an die frische Luft, keine Angst! :)

Wo machst Du am liebsten Urlaub?

Kommt ganz darauf an, ob es ein Entspannungsurlaub oder ein Erlebnistrip werden soll. Relaxen kann ich sehr gut im eigenen Garten, aber wenn ich Meeresluft schnuppern möchte, zieht es mich meistens nach Italien. Außerdem liebe ich deutsche Städte. Berlin, München, Hamburg – da meine Mutter in Deutschland geboren wurde, fühle ich mich bei meinen »Nachbarn« sehr wohl! ☺ Mein Traumreiseziel wäre Japan.

Das Eingreifen von Loki, ist ja so nicht ganz rechtens. Wie bist Du darauf gekommen ihm diese Rolle zuzuweisen?

Lokis Rolle in der Geschichte war von Anfang an die des »Jokers«. Ihn einzusetzen kann spielbeeinflussend sein und die anderen Mitspieler verziehen fluchend das Gesicht, weil dein Spielzug gerade eigentlich unfair war. Dass Sixten so jemanden braucht, um sein Schicksal zu meistern, war für mich klar. Dass die Freundschaft der beiden aber eine so vorherrschende Rolle einnimmt, war nicht geplant aber für mich sehr, sehr schön zu schreiben. Außerdem stellt Loki einen schönen Kontrast zu den Engeln und deren »Statutenwelt« dar, in der »Absolution« spielt.

Die Geschichte hat sich anders entwickelt als ich es erwartet habe. Werden wir noch mehr zu lesen bekommen von Layla und Sixten? Mich würde es sehr freuen!

Mich auch! ☺ Sixten und seine Bande haben sich definitiv in mein Autorinnenherz gestohlen und ich wäre überglücklich euch noch mehr von ihnen erzählen zu dürfen. Das liegt aber natürlich auch in der Hand der Leser.

Wenn Du in Deinen Leben mit einer fiktiven Protafigur tauschen möchtest, welche wäre es?

In »Absolution« wäre es wohl Layla. Ich mag ihre impulsive Art, vielleicht, weil ich selbst eigentlich nicht so bin.

Wenn ich mir jede Geschichte aussuchen dürfte, wäre ich gerne Alia, aus der »Alia«-Reihe, weil ich Altra liebe und mir nichts Schöneres vorstellen könnte, als dort ein paar Abenteuer zu erleben (natürlich mit Rey und Zaron! ☺).

Liza vom Blog »Liza's Bücherwelt«

Wie bist Du auf die Band Placebo gekommen?

Durch »Eiskalte Engel«. Ich habe den Film geliebt und den Soundtrack lange Zeit auf und ab gehört. »Every you, every me« war der erste Song den ich von *Placebo* kennen und lieben gelernt habe. Schwermütige Musik inspiriert mich sehr und Sixten ging es wohl ebenso. ☺

Warum bist Du Autorin? War es schon immer Dein Wunsch zu schreiben oder seit wann willst Du dies tun?

Ich würde jetzt gerne sagen, dass ich schon geschrieben habe seit ich mit Buchstaben etwas anfangen konnte, aber ich habe bis zu meinem 13. Lebensjahr lieber der kreativen Stiftführung gefrönt und meine Tagträume in Form von Zeichnungen auf Papier gebannt. Dass das Schreiben ein viel besseres Ventil für meine Kreativität darstellt, habe ich erst erkannt, als sich zum ersten Mal ein weißes Word Dokument vor mir aufgetan hat und ich nicht aufhören konnte grinsend in die Tasten zu hauen. Mit einem Mal hatte ich jede Möglichkeit, mein Kopfkino für mich selbst zu bannen und hatte auch noch riesen Spaß daran.

2009 habe ich dann angefangen meine Geschichten auf Fanficiton-Foren zu veröffentlichen. Hätte ich dort nicht so großen Zuspruch erfahren, hätte ich den Schritt zum Self-Publishing wohl nie gewagt. Beruflich hatte ich eigentlich andere Dinge vor. Dass ich letzten Endes wirklich Autorin wurde, ist ... passiert und ich könnte heute nicht glücklicher und erfüllter sein.

Was fühlst Du beim Schreiben?

Kommt ganz auf die Szene, die ich gerade schreibe, an. Was sich aber gleicht, ist die aufkommende Euphorie, wenn man gerade eine tolle Idee hat und die Finger über die Tasten rasen, weil man sie unbedingt niederschreiben möchte. Da fühlt man sich absolut beschwingt und großartig, egal, ob man gerade eine Liebeszene schreibt oder einen seiner Protagonisten in den Tod schickt ... ;)

Wie lange hast du an dem Buch geschrieben und hat es viel Vorarbeit benötigt um zu entstehen?

»Absolution« hat sich quasi von selbst geschrieben. Von der Idee bis zum letzten Satz, sind ungefähr zwei Monate vergangen, wobei ich parallel noch an anderen Geschichten geschrieben habe. Sixten war für mich einer dieser Charaktere, die ihre eigene Geschichte erzählen – man muss als Autorin nur zuhören und seine Finger zur Verfügung stellen. Immer funktioniert das natürlich nicht, aber zwischen Sixten und mir, hat es von der ersten Minute an gepasst! ☺

Nadine vom Blog »Selection Books«

Wie würdest Du Dich selbst mit zehn Wörtern beschreiben?
Obsessive Tagträumerin, die immer schon über sich selbst lachen konnte.

An welchen Orten hast Du »Absolution« geschrieben?
Ganz unspektakulär an meinem Schreibtisch.

Sixten, Dein Hauptprotagonist entspricht nicht den typischen In-Protagonisten dieser Zeit. Damit hebst Du Dich von vielen anderen Büchern ab. War das von Anfang an so geplant, oder hat Sixten sich quasi von selbst entwickelt?
Sixten war definitiv ein »Selbstläufer«. Er ist wohl mehr »Anti« als »Held«, aber wer seinem Schicksal trotzdem mit hochgezogenen Brauen und ausgestrecktem Mittelfinger begegnet, erlebt oft spannende Geschichten, während er durchs Leben stolpert – das hat mir Sixten beigebracht. ☺

Dämonen und Engel spielen in Deinem Fantasy-Buch eine große Rolle. Glaubst Du selber an Himmel und Hölle?
Ich liebe die Kraft und die Aussagen, die hinter den meisten religiösen Geschichten stehen. Modern erzählt, können sie uns auch heute noch viel für unser Leben mitgeben. Ich glaube, es ist gar nicht mal so wichtig, ob man an Himmel und Hölle als Orte glaubt, sondern dass man die Ethik hinter diesen Definitionen für sich selbst begreifen lernt. Ich verwende die Hölle bzw. Dämonen nicht immer als Sinnbild für das »Böse« und »Engel« nicht immer als Maßstab für Reinheit und Tugend. Solche »Klischees« zu brechen, ist für mich oft Mittel zum Zweck um »Schubladendenken« keinen Platz zu schaffen. Was man für sich selbst am Ende aus diesen, oft verquer anmutenden, Geschichten mitnimmt, ist aber unterm Strich hoffentlich nur positiv.

Welche Recherchen hast Du für diese vielseitige Geschichte gemacht?

Da mir die Engelsthematik doch sehr vertraut ist und ich immer meine eigene verquere Version der himmlischen Hierarchie zu Papier bringe, musste ich dafür nicht wirklich recherchieren. Die Bibelstellen und das »Sünden«-Thema habe ich mir allerdings etwas genauer zu Gemüte geführt bevor ich Sixten auf die Reise geschickt habe. Außerdem habe ich zu »Loki« aus der eddischen Dichtung ein paar Dinge gelesen.

Wie entwickelst Du die Ideen zu Deinen verschiedenen Geschichten?

Die Ideen entwickeln eher mich als Autorin. Sie kommen meistens ganz von alleine und ziemlich ungefragt daher. Ich war schon oft in einer Alltagssituation, in der ich partout nicht weglaufen und nach einem Stift zum Notizen machen suchen konnte, ohne sehr befremdlich auf mein Umfeld zu wirken. Dann heißt es ausharren und das »normale« Gespräch fortsetzen ohne dabei in Tagträume abzudriften und andere glauben zu machen, man hätte Schizophrenie. ☺

Finden sich auch reale Charaktere in Deinen Protagonisten wieder?

Indirekt ja. Es gibt viele spannende Menschen die mich zu etwas inspirieren, aber es passiert selten, dass ich von einem meiner Protas behaupten kann: das ist eigentlich Max Mustermann, aus der Parallelklasse in der Oberstufe (all meine Freunde und Bekannten atmen jetzt auf ☺). Bezüge zu realen Personen aus meinem Leben passieren mir eher in meinen Liebesromanen als in den Fantasy-Geschichten (all meine Freunde und Bekannten lesen jetzt doch »Küss mich« ☺).

Lina vom Blog »Lina's Büchertraumwelt«

Was war das Verrückteste, das Du bisher als Autorin erlebt hast?
Verrückt im Sinne von: »Wie toll ist das denn?! «, war, als mein De-bütroman plötzlich ungeahnt viele Leser hatte. Das war ein fantastisches Gefühl und der Beginn von etwas, das für mich heute mein Lebensinhalt ist.

Mit welchem der Protagonisten hattest Du die meisten »Auseinandersetzungen« und wieso?
Kiara hatte leider kaum Zeit viel von sich preiszugeben, was ich sehr schade fand, aber dem Tempo der Geschichte geschuldet war. Ich würde mich freuen, wenn ich irgendwann die Gelegenheit hätte sie mehr in Sixtens »Bande« zu integrieren, weil sie ein tolles Gegenstück zu Layla darstellt.

Man sagt ja, dass die Protagonisten in einem Autor »leben«, wie ist das nach Beenden einer Geschichte? Kann man mit dem Prota wirklich abschließen, oder spukt er trotzdem noch im Kopf herum, obwohl seine Geschichte erzählt ist?
Ich denke, deine Charaktere begleiten dich als Autor ein Leben lang. Sie werden im Laufe des Schaffensprozesses zu sehr, sehr engen Freunden von denen du einfach alles weißt und an die du dich in manchen Situationen einfach erinnert fühlst, auch wenn du sie schon lange nicht mehr »gesehen« hast. Ich erwische mich oft bei kleinen Tagträumen in denen ich mir Fragen stelle wie: »Was würde Sixten in dieser Situation wohl machen?«. Solche Überlegungen bringen mich unter Garantie zum Schmunzeln und alleine dafür, werde ich meinen Protas ewig dankbar sein. ☺

Weitere Verlagstitel aus unserem Fantasy-Programm

C. M. Spoerri & Jasmin Romana Welsch
Conversion (Band 1): Zwischen Tag und Nacht
28. August 2016, Sternensand Verlag
424 Seiten, broschiert
€12,95 [D]

Jugendroman-Dystopie
Als Taschenbuch und E-Book

Fanny Bechert
Elesztrah (Band 1): Feuer und Eis
3. November 2016, Sternensand Verlag
468 Seiten, broschiert
€12,95 [D]

High Fantasy
Als Taschenbuch und E-Book

C. M. Spoerri
Die Legenden von Karinth (Band 1)
25. September 2016, Sternensand Verlag
448 Seiten, broschiert
€12,95 [D]

High Fantasy
Als Taschenbuch, Hardcover und E-Book

Besucht uns im Netz:

www.sternensand-verlag.ch

www.facebook.com/sternensandverlag